転移してきた
お茶屋さん
リン
賢者と呼ばれる
精霊術師
ライアン
森の守護者 狼《イームズ》
シロ
ハンターズギルド
ギルド長
オグ

CHARACTERS
ウィスタントン
公爵夫人
カリソン
ウィスタントン公爵家
末子
シュゼット
ウィスタントン
公爵
シュトロイゼル

「兄上」
「お前、来るのが予定より早いだろう……」
十三年ぶりの対面だ。
ラグナルはオグの髭に隠れた顔に、
オグはラグナルの成長した顔に、
別れた時の面影を見つけていた。
ラミントン侯爵
ラグナル

Contents

お茶屋さんは賢者見習い 2

A Tea Dealer is An Apprentice Philosopher.

巴里の黒猫
Paris no Kuroneko presents

突然の訪問者

「シロ、いってらっしゃい。寒いから早く帰ってくるんだよ」

リンが家のドアを開けてやると、白狼《しろおおかみ》のシロは、心配ご無用、と言うようにシッポでリンの足をパタパタと叩《たた》くと、スルリとでていった。モフモフの厚い毛皮を着ているのだ、大丈夫だろう。

それを見送って、冷気がこれ以上入らないようにリンは慌ててドアを閉めた。

春はまだ遠く、ここヴァルスミアは川を渡って冷たい北風が吹き込むのだ。

「さっむい。シルフもそんなにがんばらなくていいんだよ」

リンの声が風の精霊シルフに届いたのだろうか。雪を巻き上げていた風が、少し弱まった気がした。


ヴァルスミアの森のほとりにあるこの家は、この国の賢者であるライアンの工房だ。一階にその工房と執務室があるが、上階は住居として住めるようになっている。長く誰も住んではいなかったそこが整えられ、現在はリンの住まいとなっていた。

そう。この国には精霊と賢者がいる。いや、賢者というより、精霊術師と言うべきだろうか。四大精霊すべての加護を持つ精霊術師が、賢者と呼ばれるのだから。

お茶屋さんをしていたリンが、茶葉の買い付け旅行の最後にこの地に飛ばされたのは、数か月前だ。旅の最後が異世界の森の中になるとはまさか思ってもみなかったが、運よくライアンに保護されたリンは、ようやくここでの生活に慣れてきていた。人とともに精霊がおり、生活の中に精霊術があることにも。


そのライアンはすでに出勤しており、奥にある執務室に入っている。

「うー、今日も寒い。お茶にしよう。台湾の鉄観音《ティエグアンイン》がいいかな。ライアンもそろそろ休憩だろうし」

隣の応接間にお茶のセットを準備して、ライアンに作ってもらった『火の精霊石』を取りだした。お風呂用の石より小さくて、ケトルにぴったりのサイズ。暖炉を使うより湯が早く沸いて、とっても便利だ。

石を打ち合わせようとしたその時、ゴンゴンと大きく、家のドアを叩く音が響いた。


ドアを開けると、そこにはリンより小柄な、小さな魔女が立っていた。

ネイビーブルーの長いマントを着て、頭には同じ色のフードをかぶっている。手にはゴツゴツとした長い杖《つえ》だ。悪い魔女には見えないけれど、良い魔女にも見えない。

昔読んだ本にでてくる魔女と違うのは、足元にある蔓《つる》で編んだようなバスケットだろうか。かわいいピンクの大きなリボンが、持ち手に結んである。

黒猫はどこだ、この杖が箒《ほうき》に変わるのか、とリンがジーッと見ていると、相手にも観察されていた。

「おまえさんが、リンかい？　おや、今度の見習いは髪が黒いんだね。珍しい」

「え、あ、はい。リンは私ですけど」

その魔女は言った。

「そうかい。よろしく頼むよ。私はアルドラだ」

「えっ？　あっ！　アルドラって、あの、前にここに住んでいたという、大賢者の!?」

「ふん、自分から賢者などと、一度も名乗った覚えはないんだけどねえ」

ああ、確かにライアンの師匠だ。

「あ、あのっ、初めましてっ。ライアンをすぐに呼んできます！　ライアン、大変、お客様です！」

慌てすぎて、アルドラをドアの前に置き去りにしたまま執務室まで駆け込み、ライアンの片腕を取って引っ張ると、ドアを指差す。

「リン、何を騒いで……。アルドラ、これは驚きましたね。訪問の予告はなかったはずですが」

「文は王都からだしたよ。面倒になって陸路から海路に切り換えたから、まだ届いていないのかもしれないね」

「シルフも飛ばせたはずですが」

「ふん、細かいことを言うんじゃないよ。呼んだのはそっちだろう？　連絡を受けて、わざわざ年寄りが、この寒い中遠くから出向いてきたんだよ。もっと敬ってもいいと思うがね」

「まだ口は十分に達者のようで、何よりですが」

言い合いながら二人で応接室に入っていく。

アルドラの杖はどうやら実用的な杖らしく、コツリ、コツリと音をさせている。

「私が連絡を入れたのは、ふた月以上前のことですよ。てっきりもう来られないものと思っておりましたが」

アルドラはマントを脱いで手を差しだしたシュトレンに渡すと、暖炉の前にある椅子に腰かけた。フードの下からきれいな銀髪が現れ、その結んだ髪にはバスケットについているのと同じ、大きなピンクのリボンが結ばれている。ドレスもピンクとオレンジの花柄でなかなかカラフルだ。

「新たに聖域に入れる者が現れたので指導を、というなら、来ないわけにいかないだろう？　道中であちこちの領主に捕まったんだよ。なんだねえ。この国はこんな老いぼれまで、まだ頼みにするらしいよ。面倒になって王都を過ぎてから船にしたんだ」

そうか、この人がアルドラか。城壁を壊した、あの、あの『谷の姫百合《スズラン》』の。

ライアンとオグをこき使える大賢者。

「シュトレン、久しぶりだね。悪いけどお茶を一杯もらえないかねえ。あと、館にも到着の連絡を入れておいてくれると助かるよ。ああ、泊まりは『金熊亭』にするから、気にしないでいいよ。あそこで食べるのは久しぶりさね。ここの寒さは膝に辛《つら》いけど、ダックワーズの食事は恋しくてねえ。

私の荷物はドアの前のバスケット一つだけだよ」

違った。ライアンとオグと、シュトレンも使える大賢者だった。

そこにリンも入ることになるのだろうか。

「あの、お茶は私が淹《い》れます。ここでは私がお茶担当なので」

「そりゃあいい心がけだねえ。おいしいお茶がでてくるのが一番だよ。ライアンもオグも、渋い茶しかだせなくてねえ、私とは好みが合わなかったんだ」

おいしいお茶のところだけは、リンにも同意ができそうだった。

『金熊亭』の食事を好み、お茶を楽しむという、味の好みがうるさそうなアルドラに、リンは杉林蜜香《シャンリンミーシャン》という紅茶を選んだ。

台湾の紅茶だが、高山烏龍茶《ウーロンチャ》で有名な杉林渓《シャンリンシ》という山で生産されたものだ。烏龍茶にすることが多い品種を使って、紅茶を作ってある。とても濃い、森の蜂蜜のような深く甘い香りに、華やかな金木犀《きんもくせい》、ライチにリンゴといった果実の香りものぞく、とってもグルメなお茶だ。

リンがお茶を淹れる手順をじっと見ていたアルドラは、一口紅茶をすすって、満足そうに息をついた。

「おや、これはおいしいねえ。今までに飲んだことのない茶だよ」

「ええと、私の国のお茶なんですよ」

実際は「私の国のお隣の」台湾茶だが、私の世界、と、言うわけにもいかない。

「そうかい。リンの国はこんなにおいしい茶を飲めるのかい。羨ましいねえ」

アルドラはもう一口紅茶をすすると、シュトレンが持ってきたビスケットに手を伸ばした。

「それでライアン、リンはどのぐらい精霊を使いこなすんだい？　見たところ、なんだか面白そうな『火の精霊石』で湯を温めているようだが、魔法陣入りだね。まだ古語の習得の段階かね」

「古語の授業はひと月ほど前に始めたばかりです。ただ、リンは少々特殊で、精霊の力は使いこなせそうですね」

ライアンは意味ありげな視線をアルドラに投げた。

「直接ご覧いただいた方が早いでしょう。リン、暖炉の火を消すように、サラマンダーに言ってくれないか？　『加護石』を使わずに」

リンは宙を見上げた。

「サラマンダー、お願いします。暖炉の火を消してください」

すうっと、火がかき消えた。

ライアンは素知らぬ顔で紅茶を味わっており、アルドラは見たものが信じられないというように目を大きく見開き、口をあんぐりと開けた。リンとサラマンダーの間を忙しく視線が行ったり来たりしていたようだが、やがてふうっと息を吐いた。

「……これは驚いたね。精霊との交流の場である聖域ならともかく、古語も、ましてや『加護石』も使わない術者の言う通りに精霊が力を貸すなんて、初めて見たよ。それも、サラマンダーが」

まだ呆然《ぼうぜん》としているアルドラを横目に、ライアンが暖炉に再度火を入れた。

「普段は力を使うのに、古語と『加護石』を使うように練習させていますし、このことは公にはしておりません。聖域ではもっと驚かれるかと思いますよ」

「これ以上にかい？」

「すぐ、そういうものだと慣れますが」

「あれだけサラマンダーを使えるなら、『火の精霊石』なんて必要ないだろう？」

「あれはもともと、リンが火打石を使えないので、風呂用に作った道具です。湯を沸かすのに火起こしがいらず、案外便利なのであちこちで使っていますよ」

「……加護があって、火打石が使えないのは、ありえないだろう？　サラマンダーの顔をご覧よ。リンにデレデレじゃないか」

アルドラもライアンと同じことを言ったが、でも火がつかないのだ。

ちょっとやってごらん、と促され、シュトレンに火打石を借りる。

暖炉の前に座り込んで試すが、やっぱり何度やっても火花が飛ばない。

「全く。この家はライアンが精霊を甘やかしているから、そうなるんだよ」

ライアンが片眉を上げた。

「リンの火打石とは、なんの関係もないでしょう？」

「サラマンダーが拗《す》ねているんだよ。名前を呼んでもらいたいだけだね。やってごらん」

サラマンダー、と言って火打石を構えたら、火花がしっかりと暖炉に飛んでいった。

それも、打ち付けるより前、だいぶフライング気味に。

「ええっ！　あんなに練習したのに！　まさか、そんな理由だったなんて」

「ほらごらん。ライアンが精霊を甘やかして機嫌をとるから、髪を引っ張ったり、じゃれて遊ぶんだよ。私が精霊を使う時は、皆そこに並んで大人しく待機しているよ」

「そうでもしなければ、毎日仕事になりませんから」

「ふん。まだまだ精進が足りないってことだね。精霊をぴたっと使いこなして、術師として一人前だよ」

そうか。人によっては精霊のご機嫌は大事じゃないんだ。

「並んでいるんですか？　私は姿が見えなくて、光のオーブが飛んでいるようにしか見えないから、残念です」

「リンの場合は、ライアンと逆だね。精霊がリンを甘やかしてるんだ。サラマンダーが赤い顔をより赤くして、身体をよじってデレデレだよ。見ちゃいられないねえ、全く」

そう言いながらアルドラは、リンには見えない精霊を、二本指でつまみ上げた。

「ま、よくわかったよ。これは教えがいのある弟子じゃないか」


次の日から、リンはさっそくアルドラの教えを受けることになった。

場所は家の三階にある、リンの居室だ。

「おや、内装を全く変えてなかったんだね。十年前と同じだよ。きれいだろう？　この壁は花が咲き乱れるように描いてもらったんだが、さすがに引っ越しに持っていけなくてねえ」

やっぱりこの階の赤とピンクの部屋は、アルドラの趣味だったらしい。

今日もアルドラは髪にはピンクベージュのリボン。ドレスも同じようなピンクだ。

以前ライアンとオグが掃除をさせられたと聞いたので、いきなりどこかの掃除から始まるのかも、と、リンは使用人の恰好《かっこう》にエプロンを着け参加したが、そんなことはなかった。

「精霊術師のマントは持っていないのかい？　じゃあ、作っておくんだね。色は紺だよ。ああ、その恰好なら、ついでにお茶を淹れてくれないかい？」

そう言って、お茶を楽しみながらの授業になった。

「今日は何から話そうかねえ。リン、古語と祝詞《のりと》はね、これからもライアンと学んでいくんだ。どうやっても覚えるには時間がかかる。私がここにいる間にはできないからね。リンには必要なくとも、他の術師との違いを見せないために、必ず使うんだよ。愚かなことだが、人は他と違うものに恐怖したり、嫉妬したり、なにかとやっかいだからねえ」

授業は、まずリンへの質問から始まった。

「そういえば、『金熊亭』の足湯や、石鹸《せっけん》、タイムの薬草茶は、リンが教えたっていうのは本当かい？」

「そうです。風邪が流行《はや》った時に」

「さすがに長旅で膝と腰がかなり痛んだが、あの足湯でだいぶ楽になったよ。リンは、国では薬師だったのかね？」

「いえ、お茶屋さんです。でも私の国は、興味あることを簡単に勉強しやすい環境にあって、それで調べたというか。ここにないものも多くあるので、それを作っただけなんですけど」

「学べる余裕があるのは、国が平和で、豊かな証拠だねえ。そうかい。どうりでお茶がおいしいわけだ。歳《とし》をとってからの楽しみは、火のそばとお茶だからねえ。それならリンは精霊術を学んで、薬草や茶の方で使おうとしているのかい？」

リンに向けられたのは、答えに悩む質問だった。

「どう言ったらいいか。……私が知っていてできることは、石鹸も薬草茶も、精霊の力がなくても実現可能なんです。私の国では精霊術師がいなかったので、そうじゃない方法が発達しました。精霊術がそれに代わることで生活がより便利で豊かになればいいと思いますけど、私には必須のものではないんです」

躊躇《ためら》いながら、リンはゆっくりと考えを口にする。

大賢者と呼ばれる精霊術師を前にして、精霊術を否定しているように聞こえていないといいのだけれど。

「そのせいか、自分が術師や薬師になるのかということも、正直あやふやなんです。……ライアンは、精霊術師としても領民や国策とかを常に考えていますけど、私はそこまでは、まだ」

「ふうん、面白いねえ。リンはもう精霊術師として知るべき大事なことの一つを、もう知っているようだね。ライアンが領政だ、国策だって考えるのは、まあしょうがないんだ。このやっかいな髪の色で生まれた時から、賢者誕生だと言われ、国のために生きることを定められたようなものだからね。アレはまたそういう立場の生まれで、生真面目だから、余計にねえ」

アルドラはそう言いながら、自分の耳の横に落ちた一筋の白銀の髪をつまんでみせた。

「賢者は聖域に入れる術師、ってことですよね。皆、同じ髪の色なんですか？　それで生まれた時から、すぐわかるんですね」

「少なくとも、ここ数百年は白銀の髪だと記録にあるよ。精霊が好む色に生まれるとも、建国の初代王が白銀の髪であったとも言われているが、それもどうかね。リンの髪は黒いだろう？」

生まれた時から誰にもそうと認識され、生きる道が決まっているのは、どんなものだろう。考えてもリンには実感が湧かない。

「生まれた時から決まった道……」

「そうだねえ。四大精霊の加護を持って生まれたら、この国で他の生き方は許されないだろうねえ。オグも三つの加護があるが、それも滅多《めった》にあるもんじゃない。オグの場合は精霊術師ギルドとだいぶやり合っていたんだけどね。結局最後は嫌気がさして、術師としての卒業資格を取らずにハンターになったんだよ。そのせいで家も勘当さ」

「勘当!?　大変だったんですねえ」

「まあ、その方がオグは自由で良かったんだろうけどね」

「どうも精霊術師ギルドというのが、よくわからないです。ライアンも精霊術学校への入学を拒否されたと聞きましたし」

「ふふふ。まあ、それは私のとばっちりでもあるのさ。オグだけじゃなく、私もだいぶギルドのお偉方とやりあってね。また小うるさい、権力志向の貴族のジジイどもの集まりでさ。実現不可能な夢を見てるんだよ。賢者なら、聖域ならできるであろう、それが役目であろう、と、自分の欲望の実現に人も精霊も使おうとするんでね！」

アルドラが口喧嘩《くちげんか》をしているところが、容易《たやす》く想像できてしまう。これは喧嘩相手も大変だっただろう。

「リン、いいかい。精霊術師がまず知るべきことはね、精霊術は必須でも、万能でもないってことなんだよ。リンはもう知っているだろう？　人の力でできることを、精霊の力を借りて少し便利にしているのが精霊術だよ。人間にできないことは、精霊術を使ってもできないんだ。不治の病を治したり、死んだ者を生き返らせたり、時間を巻き戻したり……どれもできないだろう？　それは天の神が司《つかさど》るからね。精霊が手をだすべきことじゃないんだよ」

この国でもそれをわかってない者も多いんだけどねえ、とアルドラはため息をついた。そんなのが精霊術師ギルドの上にいるのがおかしいのさと、ひとしきり憤慨する。

「精霊の加護を持ち、加護のある精霊との対話の方法を学び、必要なら力を借りるのが精霊術師さ。本来、そこに学校も卒業資格もいらないんだよ。大昔はギルドも、学校もなかったんだ。それが権威の象徴と利益とやらのために、精霊術師のレベルを保つだの、術師の管理だの、さまざまな理由をつけて学校に通わせるんだ」

ああ、少し興奮してのどがかわいたよ。おいしいお茶をもう一杯もらいたいねえ、とそんな様子でアルドラの授業は始まったのだった。

最初のうちは緊張してアルドラを迎えていたリンだったが、授業も二週目に入った。最近の授業はどちらかというとお茶会の様相を呈してきている。

アルドラは紅茶だけでなく、烏龍茶も気に入り、お茶好き同士でつい話が盛り上がる。でも話は恋バナでもゴシップでもなく、この国の建国王のことや精霊の姿に、『加護石』の扱い方、といったところだ。まあ若干興味深い、過去の王や賢者たちのゴシップもあると言えなくもないが。


その日は、アルドラと階下でお茶を楽しんでいると、ライアンが執務室からでてきた。

「ライアンもお茶をいかがですか？」

「いや。少し気になることがあって、クグロフの工房に行くのだ」

そこへライアンに同行するらしい、オグが顔をだした。

「おう、ばあさん、まだ生きてたか」

「女性に対する態度のなってなさは、相変わらずだね、オグ。おかしいね、そろそろ美しい精霊から学んでもいい頃だろうに」

「つくく」

思わず吹きだしてしまった。

アルドラからは、オグやライアンの子供の頃の話がぽろっとこぼれることがある。ついさっき、オグの精霊の話を聞いたばかりだ。

ライアンもアルドラも、姿形は違っても、精霊は人型で見えているらしい。アルドラに見える精霊にはシッポや、羽が付いていたりするそうだ。

オグには最初、精霊はぼんやりとした人型に見えていたけれど、思春期の頃から、きれいでセクシーな女性にしか見えなくなって、うろたえまくりだったとか。いったい何があってそうなったのか、ぜひ聞いてみたい。

だからリンの光のオーブも、そのうち見え方が変わるかもしれないよ、と言われ、楽しみにしている。

「大丈夫ですよ。ハンターズギルドには、エクレールさんっていう、美しくて有能な女性がいますから。オグさんの補佐なので厳しく指導されているみたいですよ」

「リン、余計なことを言うんじゃねえ」

「おや、それはぜひ挨拶に行かないとならないねえ。かわいい不肖の弟子が迷惑をかけているんだ」

「くそっ。エクレールとばあさんのコンビなんて、最悪じゃねえか。勝てる要素がどこにもねえよ」

工房となっているのが自分が昔動かした塔だと聞いて、アルドラも一緒に行くことになった。

オグはアルドラの腕を取り、ライアンは後ろから腰をそっと支え、ゆっくりと歩いていく。

『アルドラの塔』はすぐそこだが、雪が積もっているので滑るのだ。

塔では一階の手前に、クグロフとその師匠、ガレットが工房を構え、裏側の小川に近い方を金細工工房にしたようだ。二階にはタペストリー職人が入っている。

工房には、クグロフとガレット、それからヴァルスミアの木工職人も数名集まっており、一斉に頭を下げた。

細かい仕事ができなくなったとはいえ、王侯貴族の顧客を数多く持っていた経験豊富な職人のガレットだ。誰も敵《かな》わぬその知識と技術を、ぜひ後輩に残してほしい、と、ヴァルスミアの職人が請うて、ここで講習が定期的に開かれている。

ガレットも快諾し、エクレールがその申し出に喜んで日程の調整をしていた。

「おお、これは、大賢者様。久しぶりにお姿を拝見できて嬉《うれ》しく思います。ご健勝のご様子でなによりです」

ヴァルスミアの職人で、一番年かさの者が、ほおを緩ませる。

「なに、ライアンに呼ばれてね。久しぶりに弟子たちの様子を見にきてみたんだよ」

「大賢者様ということは、もしかして、この塔の……」

「ああ、クグロフ。壊したアルドラだ」

「壊したのは城壁の方だよ。塔はこうして無事だろう？　……ふうん。なんだね、ライアン、気になっていたのは、コレかい？」

アルドラは、クグロフの腰のあたりにすいっと手を伸ばし、ポンポンッと手を跳ね上げた。

「グノームだね。お前さん、木工の職人かい？　土の加護があるのなら、ちょうどいいね」

「アルドラ、クグロフたちは、元はエストーラ大公のお抱え職人でした。先日、リンの『加護石』のブレスレットが納品された時に、グノームがふらふらとテーブルに飛びのって覗《のぞ》き込んでいたので、気にはなっていたのですよ。フォレスト・アネモネの意匠なので、それにつられたのかと思ったのですが。やはり加護のようですね」

「エストーラかい。美しい装飾で有名な細工をする国だね。精霊が好んでもおかしくないよ」

「あの、私に精霊の加護があるとは、聞いたことはございませんが」

クグロフは首を捻《ひね》っている。

「エストーラでは、この国のように、精霊の加護を確かめたりはしないだろう？　知らなくとも無理はない」

「それは、赤い帽子の小せえ人でごぜえますか？」

突然ガレットが尋ねた。

「赤い帽子でしたら、工房のできあがった家具のそばでたまに見かけるが、トットゥでごぜえますよ」

「おや、エストーラでは、グノームをトットゥというのかい。やっぱり年の功だね。ライアン、オグ、わかったろう？　年寄りは敬うもんだよ」

エストーラでは職人が時々、森で赤い帽子の小人を見かけて、木や石のありかに案内されることもあったという。

「あの、トットゥの加護があるとしたら、私は何をしたらいいんでしょう」

「いや、特別なことは何もする必要はないよ。精霊はきれいなものが好きだからね。これまでも、さりげなく作業を手伝ってくれていたんだろうよ。思い当たることはないかい？」

クグロフがハッとした。

「そういえば……」

「精霊はそうやって、気づかないところでも見守っているのさ。職人なのだから、その存在に感謝して、これからも精進して、美しいものを作ればそれでいいんだよ」

「グノームが喜ぶであろうから、後ほど、土の『加護石』を届けよう」

「ライアンは、本当に甘いねえ。さ、ちょっとコレを借りようかね」

アルドラはクグロフの腰の辺りにいるらしきグノームを、人差し指でチョイチョイと呼びつけた。

「さ、働いておくれ。トゥルリス　インデュレスコ　アリクァントゥム　ムーリ　フェネストラサペリーレ」

ボムッという音とともに、塔がギシギシと鳴り、上からパラパラとホコリが落ちてきた。

「うわっ」

「きゃっ」

職人たちが慌てて頭をかばう。ライアンがさっと、自分のマントでリンの頭を覆った。

もともと塔は要塞で、窓が小さくて薄暗いところもあったが、そこに明かり取りの小さな窓がいくつか開き、工房に光が差し込む。

突然明るくなった工房を、皆が呆然と見回した。

「アルドラ、乱暴すぎるのでは？」

「なに、数十年前のことでも、自分のやったことは責任を取らないとねえ。さ、固めてもおいたから、これで崩れる心配もないだろうよ」

グノームを自由に操るアルドラの貫禄《かんろく》ある姿に、リンは、ああ、これが大賢者と呼ばれる精霊術師なのかと理解した。

とてもライアンの髪の毛を引っ張っていたずらをする、グノームと一緒だとは思えない。アルドラのそばに、ピシッと一列に並んで待機する精霊の姿が見えるようだ。

もし自分にも精霊の姿が見えるようになったら、どんな様子を見せてくれるのだろうか。今日ほど精霊の姿が見えないのを、残念に思ったことはなかった。

聖域でのお茶会

せっかくヴァルスミアまで来たのだから、ドルーに挨拶に行こうかね、次はいつになるかわからないから、とアルドラが言いだし、リンとライアンが付き添って聖域に向かった。

「リン、それはガレットに作ってもらった籠だろう？　そんな持ち手のものがあったか？」

「あと一つ小さいのが作れるぐらいのオークが残っているというので、蓋をつけてピクニックバスケットにしてもらったんです。春になったら森でお茶が飲めるかな、と思って。まさか、こんなに早く使うとは思いませんでしたが」

「まさか、その中身は茶か？」

「お茶もブラシも入っていますよ。ドルーにもいただいたオークがどうなったかを見せたいですし」

「リンは聖域でもお茶をするのかい？」

さすがにアルドラも驚いたようだ。

「茶を持ち込むのは初めてですが、聖域を休憩所にはしておりますね。ドルーも喜んでおられるようですし」

「なんだねえ。そんなことを聞くと、よけいにドルーの顔を見るのが楽しみだよ」

聖域に入ると、ドルーが姿を現した。

「おや、アルドラ。しばらく見なんだが、健勝か？」

「ええ、ドルー、おかげさまで。南は暖かいですからね、身体が楽ですよ。聖域も変わりないようですね。……あそこでなぜかオークの中にいる娘以外は」

リンは、お邪魔します、と、さっさとドルーの木の洞《ほら》に入って、お茶の支度をしている。

「お茶が入りましたから、どうぞ中へいらしてください。詰めれば全員入れると思います」

リンから声がかかると、ドルーは途端に顔をほころばせた。

「おお、そうかの。ここで茶を飲むのは初めてじゃのう。馳走《ちそう》になるとしようか」

「なんですねえ。サラマンダーだけでなく、そんなにデレデレとしたドルーを拝見するのは、初めてですよ。イキイキとして、水の巡りが前より良くなったんじゃありませんか？」

「ほ、ほ、リンが来て以来、楽しいのう。だいたい誰が我とここで、一緒に茶をしようと思うかの？」

「さあ、ドルー、アルドラ、参りましょう。リンが待っておりますから」

リンは三人を張りだした木の根に座らせ、自分は毛布を下に敷いて、正座した。

「リン、詰めればこちらに座れるが」

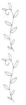

「大丈夫です。日本人ですから」

日本人だとなぜ大丈夫なのかは、リン本人にしかわからないだろう。

リンが今日選んだお茶は、プーアル生茶《シォンチャ》　易武《イーウー》　一九七八年生産のお茶だ。

プーアル茶は圧縮して板のように固めたものも多いが、これはバラバラの茶葉、いわゆるルースティーの状態だ。中国茶では散茶《サンチャ》と呼ばれるもので、空気に触れやすい分、固めたものより熟成が早く進む。

「ちょっと変わった風味のお茶ですよ」

四十年の時を経たお茶は、円《まろ》やかで優しく、身体にすっと染み渡る。熟成でほとんど溶けたタンニンは、口の中でわずかに震えるように残るだけだ。

「これは森の木の香りじゃのう。我にも身近な香りじゃが、この辺にはない木のようじゃな」

「カンファーという木のような香り、と言われているんです。たしか南方の木だと思います」

ライアンがひと口飲んで、ほうと息を吐いた。

「冬至の祝祭で飲んだものに似ているが、これはまた素晴らしいな。さらに透き通った味わいだ」

「ええ。同じプーアル茶ですけど、製法が少し違います。ええと……」

説明しようとして、リンはためらった。

冬至の晩餐《ばんさん》に用意したものは、プーアル茶でも熟茶《シュチャ》といって、人工的に発酵を促したものだ。短い時間で大量生産ができ、手に入りやすいのでプーアル茶というとこの熟茶を知っている人が多い。

リンはこだわって、店にだすのは熟茶でも最低七年から十年は経ているもの、さらに柔らかく、円やかになったものだけにしている。発酵を促せば、すぐに熟茶らしく色は濃くなり、木の香りがでてくるのだが、茶葉のタンニンは別だ。円やかになるまでに、時間が必要なのだ。

その熟茶とは違って、今日のお茶は生茶《シォンチャ》といって、人工的に発酵を促していない、昔ながらの製法で作られている。

この説明は、また今度、別の機会にゆっくりとするべきだろう。

「これは四十年以上前に作られたお茶なんです。もともとの茶葉の品質も素晴らしいものだったと思いますが、丁寧に作られて、それからずっと最適な環境で保管されて、ゆっくりと熟成したんです」

ここまでクリアで、高貴な香りをだせるお茶は、プーアル茶でも滅多《めった》にありません、とリンは目を細めた。

「こんなに柔らかいのに、力のあるお茶だねえ。大地の力が漲《みなぎ》るようなお茶だよ。いいものを飲ませてもらった。熟成したお茶があるとはねえ」

「時という職人の力がいるんですよ。人間の力だけでは、ダメなんです」

ドルーやアルドラを思い描いてお茶を選んだら、年月を経て、時に磨かれたこの茶を選んでいた。

プーアル茶は本当に面白い。特に生茶は、人間と同じように、どうやって生きてきたかが風味にはっきりとでるのだ。

「リン、もしカップがあと一つあれば、もう一杯をそこに置いてほしい。ドルーが飲んでいるせいか、先ほどから精霊に覗《のぞ》き込《こ》まれて、茶を狙われている」

光がライアンの手元をふよふよとしているのは、そのせいか。

狙われるのはドルーでもアルドラでもなく、やはりライアンのカップなんだね、と思いながら、精進だよ、がんばれ、と手助けに一杯を床に差しだした。

「お茶で思いだしたが、アルドラ、確かフィニステラに移ると言っておったのう」

「ええ。フィニステラ領の離れ島を一つ褒美にもらいまして、のんびり過ごしておりますよ」

「それなら、リンが探す、茶の木が近くにないかね？　ここにはないのじゃよ。前に探した時は、フィニステラだとシルフが伝えてきたが」

リンはピクリとして、顔をあげた。

「あ、あるんですか!?　お茶が？　手に入るんでしょうか」

この領では存在しないと言われた茶の木が、アルドラのところに、南にあるのだろうか。

「さて。お茶は好きだが、茶の木を見たことがなくてね。シルフがあると言うならあるのだろうが、私の島にあるかねぇ。フィニステラで茶を作っているとは、聞いたことはないがねぇ」

「あの、もし野生のままの木だったら、白い花が咲くのです。ここにはないですが、家に写真が、いえ、あの、絵があるのでお見せします」

もしお茶を作っていなくても、茶の木があるなら、生育も可能な環境ということだ。この国では無理だと思っていたが、それがわかっただけでもリンにとっては大ニュースだ。

若干興奮気味で再度お茶を注いでいると、アルドラがリンをじっと見て、静かに言った。

「リン、私が呼ばれてここに来たのはね、たった一つをリンに教えるかどうか、見極めるためなんだよ。毎日の授業では、大したことを話していないだろう？　ライアンにだって十分教えられる」

確かにその通りだった。過去にオンディーヌに恋した賢者の話とか、茶飲み話として聞くだけで、本当にお茶会のようだった。

「ライアンの話を聞いても、ドルーや精霊との交流を見ても、リンに教えても問題ないと思うんだよ」

アルドラは両脇に座るドルーとライアンを見て、二人がうなずくのを確認した。

「ここは聖域で、立ち入れる者が限られている。人が精霊と交流し、声を届けやすい場だ。神聖な場だろう？　でもね、聖域でしか作れない石は、実は『加護石』と『浄化石』だけなんだよ」

「二つだけ、ですか？」

「ああ。『浄化石』は、もとは偶然できたものでね。火も水も、風や土だって自浄の力があって、月の光の浄化力を取り込む必要はないんだ。ただ、できた石が素晴らしくてね、同じものができるように、祝詞《のりと》を考えた過去の賢者がいたんだ。精霊にしたら、月の光の中で遊んでいるぐらいのものだよ。最も大事なのは『加護石』だ。精霊が人間に加護の力を与えるために、精霊の人間への厚意で作られたものだよ」

精霊の厚意、とリンは自分の『加護石』を見つめた。

「ライアンが、これは基本で、至高の石だと」

「その通りだね。リンはちょっと普通と違うけどね、普通はこの聖域以外で、精霊に声を届けるには、加護の石が必要なんだ。加護の力が強い術者ならなくてもできるだろうが、疲れがひどくて、まあしないね。この国は建国からして精霊の加護をいただいているから、加護の石が作られず、精霊に声が届かなくなったら、恐慌をきたす。わかるかい？」

「わかります。だから聖域に入れる精霊術師は特別で、必要なんですね」

「その通りだよ。じゃあ、ここからが本題だ」

アルドラは一度目をつぶり、それからゆっくりと言った。

「すべてのものは対《つい》で作られる。精霊が我々に『加護石』を与えこの国の建国に力を貸したなら、それを奪い去るものも当然与えられた。今から教えるのはね、加護を願う祝詞とは正反対の、この聖域に入れる者だけに口伝で伝わる、滅びの呪文だよ」

滅びの呪文？　それって……。

「あの、あの、滅びの呪文って、もしかして、バ、から始まる三音ですか!?」

少し勢いづいて言うリンに、リン以外の三名が揃《そろ》ってあっけにとられ、目を瞬いた。

「滅びの呪文が三音だって？　寝言で言ったら、目も覚めずにそのまま終《しま》いになるだろう？　危ないじゃないか」

「……そうですか」

なんだ。違うのか。ちょっとがっかりだ。

「滅びる時は、何が起こるんでしょう」

「知らないねえ。国が亡《ほろ》びるのか、加護が奪われるのか。まだ、一度も使われたことがないからね」

滅びの呪文の伝授という重々しく、過去の賢者たちすべてが身の引き締まる思いをしただろう場が、リンのおかしな一言で調子がくるったようだ。

「さ、この呪文はね、『加護石』四つをすべて使うんだ。だから聖域に入れる者だけが知り、使えるんだよ。最初から最後まで、間違わずに言わないとダメなんだ。今から後ろの半分を教える。明日は前の半分。すべてをつなげなければ口からだしても、何も起こらないからね」

一度も使われないままで、次代に知識として残すために口伝されていく呪文。それは、覚えられる人は少ないんじゃないか、というぐらい長かった。

聖域から戻ると、リンはスマホを取りに、一人自室に戻った。ついでにアルドラにと、自身で作ったオイルと、浴室用のお風呂の石セットも一緒に持つ。

ゆっくりと『金熊亭』の階段を上がっていた二人に追いつき、リンはノンヌに足湯用の水桶《みずおけ》を借りて、後ろをついていった。

部屋に入ると、アルドラは手首の『加護石』のブレスレットを手の方へずらし、片手で『加護石』をパッ、パッと触り、サラマンダーを使いながら暖炉に火を入れ、燃え立たせた。シルフを使い、天井近くの暖かい空気をかき回して、下方に送っている。

「やれやれ、これだけ長く外にいると、どうしても膝が痛むねえ」

アルドラは右膝に痛みが走るらしく、さすりながら腰を下ろした。

「アルドラの『加護石』も、ブレスレットなんですね」

「ああ、石が多いとね、これが一番便利なのさ。石が一つなら、指輪やペンダントにする術師も多いけれどね」

「あ、アルドラ、足湯を用意しますね。一緒に使えるように、このオイルも作ってみたので、試してみませんか。……ライアン、すみません、少しの間廊下にでていてください」

リンが水桶に『水の石』をかざした。

「クーレ、アクアム」

魔法陣を使わずに水をだすための祝詞だ。

アルドラがその石に目を見張った。

「リン、なんだね、そのバカみたいな大きさの『水の石』は。……本当に『水の石』かね？」

神々しい大きさの石に、さすがのアルドラも自信なげに聞いてくる。

「ライアンと聖域で『水の石』を作ったら、この大きさになっちゃったんです。えと、これ、なかなか水が減らないんで便利なんですよ」

手をだしたアルドラに、リンはポイと石を手渡した。

「アルドラ、森も精霊もリンに甘いので」

アルドラは両手で『水の石』を抱え、覗き込んでいる。

「甘いのは、さっきもドルーを見てわかったがねえ。こんなに美しいのは見たことがないよ。……確かに普通の『水の石』だねえ。大きさ以外は」

「偶然できた風呂用の石です。これも外部には秘匿していますので」

「ライアン、アルドラが足湯の準備をしますから、部屋の外へお願いします」

太ももまである長靴下を脱がないとならないから、さすがに男性の前ではできない。だが、何をするか知らないライアンは、なかなか部屋をでていってはくれないようだ。

「足湯とはなんだ？」

そういえば、ライアンにはまだ伝えてはいなかった。

「見ればわかりますよ。とりあえず、ライアンは呼ぶまで外で待っていてください。……アルドラのドレスを持ち上げないとならないんです」

そこまで言えば、ライアンは慌てて背を向けた。

「おや、ライアンは私のドレスの中身が気になるのかねえ」

アルドラがニヤリと笑いながら、部屋をでるその背に追い打ちをかけた。

リンは水をちょうどいい温度に温め、アルドラの準備を手伝った。

アルドラは両足を湯の中に入れると、ほうっと息を吐いた。

ドレスの裾を下までもどして、ライアンを呼び入れる。

「何も変わっていないように思えるが」

「見えていないだけですよ。ドレスの下で、お湯の中に足を入れて、ふくらはぎまで温めているんです。四分の一刻ぐらいで、身体中《からだじゅう》が温まります」

「リンがノンヌに教えたらしいけれど、本当に楽になるんだよ、なぜか腰や肩までね」

「家ではやっていなかったな」

「ええ。家にはお風呂もあるし、機会がなくて。シュトレンさんに伝えて、夜眠る前にでも、ちょっと熱めのお湯でやってみてください」

「試してみよう」

「これを使って、マッサージを試してみませんか？」

リンはオレンジ色の花が入ったマッサージオイルの瓶を、アルドラに見せた。

「それは『狼殺《おおかみごろ》し』の花のようだね？」

「ええ、すごい名前で、ライアンに聞いた時には驚きましたけど。毒も薬になるってことですよね。騎士に使う鎮痛薬のように、効果を高めていないんです。それでもマッサージすると気持ちいいし、十分かと」

「騎士の薬はひどい傷痍《しょうい》の時にのみ使うが、これはそこまで強くはないのか」

アルドラが了承したので、リンがドレスの裾に手を掛ければ、ライアンがくるりと後ろを向いた。

リンはオイルを手に取って温め、アルドラのふくらはぎから膝にかけてマッサージする。

「薬だと普段使うのに強すぎることもあるでしょう？　私の祖母はこういう薬草を使ったオイルでマッサージしてあげたら、膝の痛みが少し楽になったんですけど。……ライアン、もう終わりました」

アルドラのドレスを直し、騎士さんの筋肉痛や関節痛にもいいと思うので、試してみてください。これもギルドで検証ですかねえ、と言いながら、手を洗っているリンを、アルドラは面白そうに眺めた。

「さ、リン、茶の木の絵を見せておくれ」

スマホを取りだし、ずっと切っていた電源を入れる。

「それはギルドカードのように見えるが」

「えーと、これは、スマホと言って……。むー、今までで一番説明が難しいですね」

「もしや、また雷か」

「雷だって？」

「ええ、アルドラ。リンの国の術師は、天の眷属《けんぞく》の力を取り入れる方法を知っているんですよ」

「驚いたね。どうやってやるんだい？」

「私も知らないんですよ、残念ながら。これは、えーと雷とシルフは確実なんですけど、ちょっと複雑で。まあ、いいや、見てください。これより中身の茶の木の方が大事です」

バッテリーは少ないけれど、写真を見せるぐらいは大丈夫だろう。

「これが茶畑です。木の高さを低く整えてあります。もし自然にある茶の木だったら、このように大きくなっていることもあります。この白い花が、茶の花」

白い椿《つばき》のような、大きな花弁の花を見せる。

指を滑らせ、葉や花の形も拡大して見せるリンに、二人は言葉もでなかった。

指に滑らかなよくわからぬ物体。なぜこのように小さなものの中に、自然をそのまま切り取ったかのような美しい絵が入っているのか。そしてなぜその絵がリンの指示で動くのか。茶の木を確かめるどころではなく、意識はスマホに釘付《くぎづ》けになっている。

「わからぬ」

「よく、見えませんか？」

「いや、なぜそのように細かな、美しい絵がそこに。それになぜ動くのだ。シルフが吹き飛ばしているようにも見えぬ」

「そこですか……。これは絵ではなく写真といって、雷が光と影を連れてくる時にその場所の景色がそのまま見えるように運ぶのです。動くのは雷のいたずらです」

リンはもうヤケだ。電気にカメラ、スマホの説明なんて無理だ。仕組みを知らないまま使っていたのだから。動画を撮っていなくてよかった。絶対に説明できない。

「天の眷属ばかりだねえ」

「なるほど。天の眷属もいたずら好きか」

日頃から精霊のいたずらに悩まされているライアンは、リンの説明に納得したようだ。

横から覗き込むライアンにスマホを渡し、スワイプの仕方を教えると、右に、左に、人差し指を動かしている。

しばらくそのままスマホを操作した後、ライアンはため息をついた。

「……本当に惜しいことだ。女神の力を留《とど》める精緻な魔法陣が仕組まれているに違いないが、ここに書かれてある文字すら読めぬ」

「あの、外側ではなくて、お茶の木を見てほしいのですが」

「ん？　これはリンのご家族、お父上か？」

ライアンが見ているのは、買い付けの最後に訪れた茶畑で撮った、陳《チン》さんが製茶中にこちらを見て笑っている写真だった。

「いえ、仕入れ先のお茶農家の人ですね。……私の家族はこの二人です」

スマホのホーム画面にしてある父と祖母の写真を見せた。

「リンに口元が似ているか」

「……ご家族は、リンがこちらに来てさぞ心配なさっているだろうねぇ」

「いえ、家族はもういないんです。これもだいぶ前に撮った写真で」

この写真も、もうすぐ見られなくなるだろう。


すっすっとスマホを動かしていたリンの指が止まった。家族を思いだしているのか、懐かしそうに見つめている。口元は微笑《ほほえ》んでいるのに、その横顔はどこか寂し気だった。

リンの指が、その二人の上を愛《いと》おしむようになぞる。

「……リン。シムネルに頼んで、絵を描いてもらおうと思う」

「絵、ですか？」

「ああ。あれでシムネルは絵心がある。茶の木の絵があれば、アルドラも探しやすいだろう。それに……」

家族の絵も頼めるだろう、そう言おうとした時に、大きくうなずいたアルドラが口をはさんだ。

「それはいいね！　リン、島に帰ったら茶の木をグノームに探させる。シルフがフィニステラにあると伝言したなら、必ずあるはずだ。それでもし見つかったら、リン、一緒に島に住まないかね？」

「え？」

「あの島は私が王からもらったもので、私が領主みたいなもんなんだ。今は島を維持してくれる者が少し住んでいるが、大昔に捕虜を隔離した島で誰も住もうとしなくてね。気楽だよ。暖かくて、海があって、ダックワーズのような獣料理のできる料理人はいないけど、魚はおいしいね」

「魚……」

「ダメです、アルドラ。リンはまだここで学ぶことがありますので」

「古語も祝詞も、私のもとでもできるだろう？　聖域の守りは、今まで通りライアンで十分だよ。薬草もあるし、もし茶の木が見つかったら、自分の好みのお茶を作ればいいじゃないか」

「自分好みのお茶……」

「っ、アルドラ、ずるいですね。リンの好きなものをそのように並べるなんて」

「リンが来れば、おいしいお茶が飲めるし、話し相手もできる。オイルを作って、痛む膝のマッサージまでしてくれたんだよ。今まで弟子にはさんざん苦労させられたんだ。最後にこんないい弟子がほしいじゃないか」

「アルドラ、それが本音ですね？　リン、聞いてはならぬぞ」

アルドラはいつも精霊のように自由に動く。ライアンが成人して『賢者見習い』から『見習い』の文字が取れた時も、聖域をまかせて、さっさと引っ越していった。リンを話し相手にほしいと思えば、きっと連れていってしまう。オグとふたりでかかっても、幼い頃からアルドラに勝てたことは一度もないのだ。

呆《あき》れたリンが茶の木のことを思いださせるまで、強敵である大賢者との言い争いは、それからしばらく続いた。

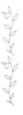

「リン、アルドラの島に行きたいと思うか」

『金熊亭』をでてから、ボソリとライアンが尋ねた。

「正直、わかりません。アルドラは簡単に言っていましたけど、お茶を作るのって時間がかかるんです。薬草茶や石鹸《せっけん》でも、これから手配がいるでしょう？　それでも、薬草の収穫ができる夏ぐらいまでには少し目途が立つじゃないですか。お茶はうまくいっても、最初の収穫までに五年ぐらい必要だと思います」

リンは茶畑に何度も滞在して、手伝ったことがある。でもそれは、あくまでも手伝いだ。経験者がいない状態でどれほどのことができるか。

「そのように時間がかかるものか」

「ええ。だって、木ですよ。森を育てるのにも、時間がいるでしょう？　……あれ？　もしかして、精霊の力で時間が短縮できるとか？」

「土地に手を加えることは可能ではある。だが、精霊は自然の状態を好むし、土地への負担がだいぶかかる。成長の促進も同様だ」

「この国の南は気候がだいぶ違うんですね。茶の木が見つかったら、アルドラの島へ遊びにいくのもいいかもしれませんね。魚も食べられるし、お茶も個人で楽しむぐらいなら作れるかも」

「この領での栽培は無理なのか？」

「気温のことだけでいえば、案外寒くても茶の木は育つんですけど、ここはちょっと寒すぎると思います。あと環境が合わないと商売になるほど成長しないんですよ。自生している場所があるなら、まだ可能性はあります。ただ、どちらにしても経験者なしではできるかどうか」

「そうか」

「ライアン、気にしないでください。自然のものですから、しょうがないです」

「リン、この地は君を必要としている。薬草茶も石鹸も、館で会合が始まったばかりで、蜜蠟《みつろう》のこともこれからだ。ブルダルーに言って、フック・ノーズも用意させよう」

ライアンは必死だ。

頼めば、他にも海の魚が手に入るやもしれぬ、とブツブツこぼすライアンを、なんてかわいいのだろうと、リンは眺めた。

「それに、領のことだけじゃない。君がいなくなると、私も、私の」

言葉に詰まるライアンを、じっと待つ。

「……私の髪を結える者がいなくなる」

「……ええ。それは確かに、一大事ですよね」

残念だ。

アルドラの言う通り、ライアンにはまだまだ精進がいるのかもしれない。

ティータイム　シムネルの思いもよらぬ仕事

数日前のことだったか、リン様と聖域から戻られたライアン様が私を呼ばれた。

リン様の国の術具『スマホ』にある、茶の木の絵を写すように、という指示だった。アルドラ様が南方で茶の木を探すにあたって、写し絵があった方がいいだろうと言う。


そうか。茶の木が見つかったのか。

この領には存在しないとドルー様から伝えられたライアン様は、明らかにがっかりされたご様子だったが、国内で見つかったのだとしたら喜ばしいことだ。

ライアン様はお茶の時間を楽しみにされている。今まで気晴らしの時間などなかったライアン様のこの変化は、側近一同、大変嬉《うれ》しい。

私はこっそりと書類の量を調整し、フログナルドはそっと馬車のスピードを上げ、シュトレンはお茶のセットをリン様に渡し、このひと時をできる限り確保している。


本来なら館の絵師を手配するのだが、『スマホ』は滅多《めった》な者には見せられないという。少しだが絵の嗜《たしな》みがある私に、ということだった。

最初はなんという無茶振《むちゃぶ》りだと思ったが、差しだされた『スマホ』は今までに見たことがないもので、怖がる者もいるだろうと納得した。雷の術具だというが、内側の光が雷の力を閉じ込めているのだろうか。光だけであの凄《すさ》まじい音は閉じ込めていないようだ。恐る恐る手を伸ばしたが、触ってもバリバリとは言わなかった。

「これで大丈夫だと思うんですけど、この葉と花が一緒にあるのが、わかりやすいと思います。この中の雷の力が消えたら、真っ黒になります。二度と見られなくなりますので、手早く描いていただいた方がいいです。あともう少し。いつ消えてもおかしくありません」

そう言って、リン様はじっと『スマホ』を見た。

それ以来、どうもライアン様のご様子が落ち着かれない。

このようなことは、リン様が来るまではなかったことだ。

アルドラ様が講義にいらしたと同時に立ち上がる。

「シムネル、二人の講義の様子を見てくる」

「ライアン様、この薬事ギルドからの報告書に目を通していただきませんと、会議に間に合いません。講義には昨日も同席されましたし、本日はアルドラ様にお任せすればよろしいのでは」

「戻ったら必ず見る」

リン様の居室には入りにくいと、わざわざ一階の応接室に場所を移させて、講義に同席している。自分もリンの師匠であるし、たまには様子を見なければと言うが、本当に突然どうしたのだろうか。

「ライアン様、例の絵が描きあがりましたのでリン様にお渡ししたいのです。私もご一緒してよろしいでしょうか」

　入室してすぐに、ライアン様の落ち着きのない原因が見て取れた。

「それでね、リン。島に新しく来た料理人がね、おいしいスープを作るんだよ。野菜と魚のスープなんだけどね、おかしいんだ、魚が入っていないのに魚の味がするんだよ」

「わかります、わかります。出汁《だし》ですね。おいしいですよね」

「ああ、リンにも食べさせたいねえ。他にもね、磯《いそ》には両手がハサミになっている、殻をかぶった青いのがいるんだよ。これがね、焼くと赤くなるんだ」

「え、手がハサミ？　エビかな？　カニかな？　青いカニ？　どうしよう。濃厚なミソと、プリプリでジューシーな身。焼きガニ、大好きなんです」

　リン様が好物を思いだしたのか、身をよじる。

「そうだろう？　家中に香ばしい香りが広がるから、すぐわかるんだ」

　危険です、ライアン様。これはつわものです。

　私はアルドラ様が引っ越された後にライアン様の側近についたので、アルドラ様をよく知らない。

　だが、強敵だ。

　すでに講義ではなく、島の披露、いや、リン様を誘惑にかかっている。リン様の弱点を見事に突いているところが、巧妙だ。

　そうか。これが大賢者か。

ライアン様は眉間にしわを寄せて、その様子を眺めている。

ダメですよ、ライアン様。反撃しませんと！　奪われますよ！

「リン様、確か甘いデザートが好きだとおっしゃっていましたよね？　このヴァルスミアの森はベリーの宝庫なんですよ。ここでしか採れないものも複数あるんです。肉料理のソースにも、ブルダルーが使っていたでしょう？　森で摘んでそのまま食べるのはもちろん、フレッシュベリーでパイにすると、並んだベリーの丸い粒が貴石のようで美しいですし、甘酸っぱくて、最高ですよ」

「六、七月が旬ですよね。楽しみです」

「おや、ライアン、今日は側近まで連れて、私の講義の邪魔かい？」

アルドラ様が顎をくいっと上げて、私を見た。

その視線に思わず背が伸びる。ゴクリとのどが鳴った。

「アルドラ、すでに講義ではなかったように思いますが。シムネルがリンの『スマホ』から、茶の木の絵を写しましたので、それを届けに」

私はアルドラ様に絵を差しだした。それから、リン様にも、もう一つ。

丸めた紙を広げたリン様が、小さく息を呑《の》んだ。

「……シムネルさん、これも描いてくださったんですか？」

「はい。私の拙《つたな》い筆で申し訳ありませんが、ライアン様から、こちらがご家族の絵だとうかがいましたので。雷の力がなくなる前に、せめて」

リン様は一瞬泣きだしそうな笑顔を見せると、ぐっと口元を引き締めた。

「これが見られなくなっても、記憶の中に残っているからいいと思っていたんです。……でも、なくさずにすみました。ありがとうございます」

嬉しそうに絵を眺め、リン様はそっと指を這《は》わせた。そんなリン様を見つめるライアン様の表情も柔らかい。

「シムネルっていうのかい？　気が利くねえ、弟子たちと大違いだよ。ライアンにお前さんが付いているのは、心強いだろうよ」


今日は館で会議のはずで、朝、リン様を迎えに工房へ向かったのだが。

「おや、シムネルも一緒かい？　ちょうどいいね。風が足りなかったところだよ。オグと一緒についておいで。ライアンは、はずせない会議だというんでねえ」

ライアン様を見やるとそっと視線を外され、オグは私の肩をポンッと叩《たた》いた。

最初の会議と謁見

突然現れたアルドラは、帰る時も突然だった。

さ、船の城門まで送っておくれ、と城門の開門時刻に家の戸口に現れた。これからウェイ川を船で下って、海路でアルドラの島まで戻るという。

連絡するよ、いつでもおいで、と言い残すと、オグと、ライアンの代わりにシムネルを引き連れて乗船していった。

「シムネルさんを代わりにやって、良かったんでしょうか」

「仕方ないな。私たちはこれから館で会議だろう？」

「……本当はシムネルさんも一緒に館、のはずでしたよね。島まで行くんでしょうか」

「さて。シムネルは私やオグと違って気が利くと、アルドラに気に入られたのだから、良いであろう。災難を避けたければ、シロを見習うといいのだ」

「シロ？　そういえば、ずっと夜遅くしか姿を見ていません、ね」

「本能だな。アレは賢い。連れていかれては、たまらんだろうからな」

前回シュゼットの見舞いで入った家族棟とは違い、執務室が集まる表棟は、人も多く、騒《ざわ》めきが聞こえてくる。

リンとライアンが会議のある一室に入ると、そこにはすでに十名ほどが集まっていた。

「あ、エクレールさん。え、師匠も、ダックワーズさんもいますね」

「エクレールはオグの代理だろう」

ライアンがテーブルの上座に座ると、皆が着席した。

リンの席はライアンの隣だ。

館の文官らしき人間が立ち上がった。

「それでは本日は、春からの薬草の栽培、また商品の開発についての話し合いを行いたいと思います。参加者は、ライアン様、発案者のリン様、商業、薬事、ハンターズギルドそれぞれの代表として、トゥイル、マドレーヌ、エクレール。現在、西の城門外で難民のとりまとめを行っておりますトライフル。トライフルはエストーラ公国の文官でございました。それから、薬草の入手について詳しい『金熊亭』のダックワーズ、付き添いとして、ウィスタントン公爵家料理長ブルダルー。館の文官は五名が担当しております。……あの、シムネルは本日は欠席、で進めてよろしいでしょうか」

ライアンがうなずき、先を促した。

「リン様よりご提案いただいた、本領での新たなる生産品として、薬草茶、ブラシ、薬草を使った石鹸《せっけん》にクリーム、それから蜜蠟《みつろう》の生産――養蜂といいましたか――がございます。まず、ブラシから」

「商業ギルドのトゥイルより、ご報告申し上げます」

トゥイルは商業ギルドで特に春と秋の大市を担当していて、まだ若いが、その分このような新規の案件にもうまく対応する、と抜擢《ばってき》されたのだそうだ。

「ブラシに関しましては、春の大市から販売できるよう、木工職人とハンターが協力してあたっております。材料も問題ございません。また、特別なご意匠を入れた一点ものの製品は、受注生産となります。ブラシの一つ、洋服のホコリを払うブラシですが、木工職人よりコニファーの木を使用すると、防虫にも良いのではと意見がでております。『レーチェ』にて試したところ、好評で、店での販売をしたいと、すでに注文が入っております」

「薬事ギルドのマドレーヌでございます。ブラシに関しましては、薬事ギルド内でも販売をしたく思います。美容に関心のある女性にも、それから後ほどご報告しますが、男性のヘアトニック用にもよろしいかと存じます」

「いいだろう。洋服ブラシについては、館と工房にも納品を頼みたい。すべてのブラシの柄には、この地でしか咲かない、五枚の花弁のフォレスト・アネモネの意匠が入っているはずだ。リンの花でもあるが、この地で再出発をするボスク工房に与えた印章で模造を防ぐ。リン、どうだ？」

リンが、さすがレーチェさん、素早いなあと思っていると、ライアンから突然意見を求められた。

どうだ、もなにも、すべて整っていると思う。

「いいと思います。あの、ヘアトニックを合わせて使うなら、フォレスト・ボアの毛じゃなくて、ウッド・ピンのブラシもいいと思うので、またクグロフさんにお伝えしておきます」

「まだ、ブラシの案がでてくるとはな……」

「アレンジですよ、アレンジ。新しいものじゃないです」

「まあ、良い。じゃあ、次だ」

リンが商品会議に参加するのは初めてだ。半分以上は初めて顔を見る者だが、発案者が来たということで、皆一斉にメモを取っている。

「次はそれでは、薬事ギルドから、石鹸について」

「はい。薬事ギルドでは、リン様からいただいたサンプルの検証を進め、同じように石鹸を作成し、ギルド内、館、騎士宿舎、街の各所に配り、感想を集めました。大変好評で、いくつかはぜひ定番化を、との要望がでております。初年度は薬草の生産を考えても、要望の多い石鹸に絞って生産するのがいいと思います。皆さまの前に、その薬草のサンプルと、要望のある石鹸のリストを配りましたので、ご覧ください」

リストには定番化の要望があった石鹸がリストアップされている。領内で生産可能な薬草、国内で調達するもの、国外のスパイスと分けて書いてある。

薬草サンプルには、リンが知らないものも多く並んでいた。

「えーと、まず石鹸の使い心地で、しっとりと、さっぱりで分ける。薬草で定番が三種類、カモミール、タイム＆ローズマリーのミックス、アップル＆スパイス、ですか」

「はい。あと、ご領主様夫人、カリソン様の花である薔薇《ばら》は、花びらを入れた特注品として生産が決定しております」

「アップル＆スパイスも、通年で定番にするんですか？　冬限定ではなく？」

「はい。実はこちらが男女両方から一番人気で、館からも街からも、ぜひ定番にという強い要望がございまして」

「そうですか」

スパイスを使えば原価が上がってしまうが、いいのだろうか。

「領内で生産が難しいのは、このリストだと、ローズマリーとスパイスだな。どのように考えている？」

「ローズマリーはヘアトニックにも使用予定でございまして、領内で生産が可能か試し、または国内で調達を考えております。スパイスは国外にしかございません」

「その件で、私、ブルダルーよりご報告を。ここにいるダックワーズの故郷は、薬草を料理へ使用するほど生産が盛んです。ダックワーズの兄弟も、薬草の生産、販売をしており、毎年大市には来領しております。この領で現在生産されていない、オリーブ、ローズマリー、セージ、マロウなどの生産について、意見を求め、会合をと思っておりますが」

リンがリストから顔をあげた。

「あの、ダックワーズさん、国にはラベンダーなんかもありますか？」

ダックワーズがうなずいた。

「……あると、思います」

「それもあったらほしいですね。女性向けの石鹸、クリームの定番に確実になります」

マドレーヌがせっせとメモを取っている。

「スパイスは価格が高くなるだろう？　それでも定番か？」

「それでも、という大きな需要がございますので」

次はクリームとヘアトニックについてだった。

「クリームは女性に人気の高い、カモミール、アップル＆スパイスで考えております。ヘアトニックはローズマリーにミント、それからこの領でよく採れるオーティーを加えますと育毛効果が高く、特に騎士様からの要望が高いので、石鹸と合わせて男性向けシリーズに、と」

「育毛効果が確認できたのか」

リンはリストを見ながら難しい顔をしているライアンをチラリと見た。

心配する必要はないはずなのに、ライアンは育毛についてよく気にしている。

まあ、精霊のためにも予防は大事かもしれないけれど。

「リン」

リンの失礼な視線に気づき、ライアンは小声でリンをとがめると、意見を言うように促した。

「定番はこれでいいと思います。それ以外に特注とか、季節限定の何かを小量で試して、好評なら定番化すればいいかと」

「さて、薬草茶はどうだ」

「こちらもタイム、カモミール、ミントなどが蜂蜜を入れれば好評でしたが、もとよりお茶を飲むという習慣がないので、石鹸などと比べますと、誰もが楽しめるという感じでもないようでした」

「……やっぱり、そうですか」

お茶は難しいのでは、と思っていた通りの結果だ。一番広まってほしいのはお茶なんだけど、とリンがため息をついていると、ライアンが横から、ポンと背中を叩《たた》く。

「急がずに、少量から試せばいい」

「そうですね……」

「最後に、蜜蠟と蜂蜜だが、どうだ」

「はい。ハンターズギルドで、過去に蜜蠟、蜂蜜を採取した者に声をかけました。近くリン様との会合を予定しております。また、目の前にある薬草のサンプルの中で、タイム、クリムゾン・ビー、ミントの花には、よく蜜蜂が集まるとのことでしたので、薬草の生産と合わせても面白いと思います」

リンは初めて見るクリムゾン・ビーという、真っ赤な花を手に取った。

八重咲きのマーガレットといった、小ぶりの花の香りをかいでみれば、甘くて、すっきりとした柑橘系《かんきつけい》だ。

知らない薬草は、あとで、ライアンにそれぞれ薬効を尋ねようと思いながら見て、ふと、思いついた。

「石鹸はセンシュアルで、官能的なのが人気ですよね。薬草茶でそういうテーマのものがあったら、お茶でも受け入れてもらいやすいでしょうか？」

室内の空気がざわりと動いた。

「……恐らく、一番人気になるかと存じます」

「わかりました。少し考えます」

「栽培については適した場所が見つかっている。希望があれば各村にも割り振るが、すでに農地として使われているところが多いだろう。現在城壁外にいる難民に協力してもらい、任せていくことになると思われる。トライフルと、後ほど調整してほしい。以上だ」

こうしてリンの初めての会議が終わった。

会議が終わると、リンはライアンと別れ、アマンドに別室に連れていかれた。

これから、初めて領主に謁見することになる。

「さ、リン様。こちらでお着替えくださいませ」

館に来るために普段よりきっちりとしたドレスを着ていたが、謁見には再度着替えが必要らしい。

周りを数名の女官に囲まれた。

「まあ、これは新芽のような緑が春らしいこと。刺繍《ししゅう》も細かくて、さすがレーチェですわね、腕がいいわ」

地の色は淡い緑で、立ち襟から裾までと袖口に、複数の色で花が刺繍されたドレスだ。冬至の祝祭の時に着た衣装より、さらに袖が長く、裾を後ろへ引いた形だ。

ドレスにやわらかな色合いの花が咲き、見ている分にはとてもかわいいが、リンはこんな色の服は着たことがないし、着こなす自信も全くない。

これと比べたら、派手だと思った祝祭のドレスの方が、全然地味だ。色合いも、形も、なにもかも。

「あの、これを私が着るんですか？　……今日はネイビーブルーじゃないんですね」

「ええ。こちらは春夏用に、と仕立てたのですよ。精霊の色で花を入れている途中でリン様の花が決まって、慌てて白のフォレスト・アネモネを足したそうでございます」

レーチェはリン様に似合う色をよく知っておりますね、お美しいですわ、と、アマンドは嬉《うれ》しそうだ。

「本日のために、特別に『レーチェ』から借りてまいりましたが、これはまだ仕上がっておりませんので、この後店に戻す予定になっております」

「これでまだ仕上がってないんですか？」

「ええ、もう少し花を足すようでございます。途中なのですが、謁見用のドレスはまだこれしかできておらず、申し訳ございません」

「いえ、これで十分です」

着替えを終え、待合場所となっている部屋に入ると、ライアンが額を押さえ、疲れたような顔で座っていた。

「ライアン、どうしました？」

リンを見ると立ち上がり、首を横に振る。

「いや、なんでもない。セバスチャンとシュトレンから、館の様子を聞いて、少々疲れただけだ。……それは、新しいドレスか？　色はリンの肌を引き立てるようだが、少し花が足りず、寂しい気がするが」

「ライアン様、申し訳ございません。こちらは未完成で、この後刺し足す予定になっております。レーチェも、白のフォレスト・アネモネがリン様の花となったのであれば、次回より、もう少し濃い色のドレスを、と申しております」

「そうか。わかった」

三か月前、ライアンは「似合っている」の一言が言えなかったのに、ドレスに意見が言えるなんて驚きだ。

そうか。これも精進の結果か、とリンが思っていると、ライアンが左腕を曲げて差しだした。エスコートだ。

シュゼットに習った通り、と歩き方に気を付けて、リンは執事に案内されるまま、ライアンに引かれ、長い廊下をついていく。

頭の中は、謁見時のあいさつの文言でいっぱいだ。

「セバスチャン、面会は謁見の間ではなく、家族棟になったのか？」

「はい。公爵様のご指示です。リン様がごゆっくり、気兼ねをなさらないように、と」

「もとより長居をする予定はない。……それならば、わざわざ着替える必要もなかったと思うが」

「それは女性陣が、せっかくですからドレスを、と張り切りまして、私には止められません」

「執務は兄上が執っておられるのだろうか？」

「はい。本日、公爵様は朝からそわそわと落ち着かれませんで」

兄と義姉にはブラシを贈れるように持ってきているが、ここ最近、なにかと負担のかかっているらしい兄には、好みの強い酒も添えておこう、とライアンは思った。

領主との面会が行われる家族室に入ると、すでに領主、領主夫人、シュゼットが揃《そろ》って待っていた。数歩近づいて、その場で立ち止まる。

リンの顔は緊張でこわばっていたが、シュゼットを見て、講義を思いだしながら、ゆっくりと膝を折った。

さあ、挨拶を、と息を呑《の》んだところで声がかかる。

「リン、よく来た。この日を待ちかねておったぞ。ここは家族室で、そのようにかしこまらずとも良い。さあ、ライアン、早くリンをこちらへ」

昨夜、一生懸命考えて練習した挨拶と御礼の言葉が、リンの口からでることはなかった。

シュゼットに招かれ、同じ長椅子に腰を下ろす。

「あ、あの、せめて御礼を。リンと申します。いつもお世話になり、本当にありがとうございます」

「なに、世話になっているのはこちらであろう。領の産業への寄与、難民への手助け、感謝しておる。大変よい品を作ってくれ、感激したぞ」

「父上、本日もリンは、発案したブラシを献上品にと持ってきております」

セバスチャンが皆の前に、ブラシが載ったトレイを置く。

「父上と兄上のものには、それぞれの木の意匠を。母上とシュゼットには花を入れております」

「本当だわ。ありがとう、リン。スミレがかわいらしいこと。これでリンのように艶のある髪になるかしら。ライアン兄様もブラシを使い始めたのでしょう？　羨ましく思っていたの」

「美しくできておりますこと。薔薇も、これは『カリソン』をわざわざ入れてくださったのね？

ありがとう」

領主夫人はすみれ色の瞳でリンを見ると、見惚《みと》れるような笑顔でゆったりと礼を言った。シュゼットは美しいプラチナブロンドといい、華やかな笑顔といい、その瞳の色以外、とても母親に似ていた。ライアンもどちらかというと、顔立ちは母親似だろうか。瞳は父親に似ているような気がする。領主は濃い色合いの金髪に、緑にも見える青の瞳が、力強く輝いている美丈夫だ。

どちらにしても、リンがほうと息をつくような、美しい一家である。

「ああ、カリソン。これは確かに貴女《あなた》の名前を冠した薔薇だね。麗しい姿に、馥郁《ふくいく》たる香りは、まさに貴女そのもので、出会った時を思いだすよ。リン、薔薇園《ばらえん》から私の前に現れたカリソンは、正しく薔薇の精そのものだったのだよ。ついに私にも精霊が見えるようになったのかと感激して――」

片手で隣に座る妻の手をとり、頭を振り、思いだしながら話す領主に、リンはあっけにとられた。

「お父様、その話はまた後日ゆっくりした方がいいと思うわ。お母様の素晴らしさは、簡単には言い尽くせないでしょうから」

「確かにその通りだ、シュゼット。そうだ、薔薇といえば、リン、今日は会議であったろう？ 今日は、石鹸は持ってきていないのか？ 定番はどれになった？」

「父上、定番についてはまた後ほどご報告を。そういえば、薔薇の花びらの入った石鹸は、生産が決まったようですが、あれは母上限定の製品とされますか？」

「『カリソン』の薔薇を使ったものは、他への販売は禁止する。カリソンは私だけの花であり、他の者が触れるのは許さぬ。だが、薔薇の種類は数多くあろう。どの者にも特別な花があり、他の薔薇を愛《め》でたい者もおるであろう。生産を許可する。ああ、素晴らしい石鹸であった、特に――」

微妙な言い回しに、リンが、ん？　と首を傾《かし》げていると、ライアンが領主の言葉を遮った。

「父上、今日はもう一つ、リンより献上品がございます」

「ん？　石鹸か？」

セバスチャンが、もう一つのトレイを置く。

リンが作った、神々しい『水の石』だ。

初めて見る者は、澄んで輝く、ありえない大きさの貴石を、茫然《ぼうぜん》と見つめている。

「ライアン、これはいったい……」

「リンが聖域で作りました『水の石』です。誰もが水を使えるようにはしてありませんが、貴石として、領の宝とするには十分かと」

「十分どころか、このようなものができるとは……」

領主があごをさすりながら、考え込む。

「他言無用に願えれば」

「わかった」

ライアンが立ち上がり、リンに手を差しだした。慌ててその手を取って立ち上がる。

「なんだ。もう行くのか？」

「もともと謁見のみの予定でおりましたから」

「リン、また今度ゆっくりと話したいものだ。カリソンもシュゼットも待っておる。気兼ねせず、参るがよい」

お辞儀をして、アマンドと着替えに退出する際、後ろでライアンを呼び止める領主の声が聞こえた。

「ライアン、精霊術師ギルドより、問い合わせの文が参っておる」

「この領の？」

「いや、王都からだ。冬至の祝祭辺りに見かけたようだ。耳の長い者がいるようだな」

「……シルフが働きすぎですね。シムネルがちょうど向かっております。探らせましょう」

「十分に注意せよ」

館に残るというシュトレンたちを残し、ライアンはリンとともに馬車に乗り込んだ。

目の前のリンが、ふぅ、とため息をついた。

「リン、会議に謁見と続いたが、疲れたか？」

「大丈夫です。緊張はしましたけど、参加して良かったです。私は一人で店をやっていましたから、こういう会議は初めてでした。話し合いで、いくつか私自身の宿題もできましたし」

「薬草茶か」

「お茶が日常にないのはわかっていましたけど、そこを広げたいですね。風邪の予防にタイム、が案外広まったので、同じように薬効を考えて、うまく伝えればいいのかなと。石鹸に合わせたシリーズから考えます」

「どんな薬効を？」

「んー、仕事始めに、集中力アップのローズマリー・ティーとか、ベッドタイムにリラックスできる安眠のカモミールとか？　美肌にいいとか、美容系も女性に人気がでそうですよね。石鹸やクリームで身体の外側からケア、お茶で内側からのダブルケアという感じにしたらいいかも」

「なるほどな」

「薬草茶を広めるためにも、できるだけ領内で採れそうな薬草を使ってと思うんですけど、アップル＆スパイスは、どうしても無理ですよね」

「薬草は、ギルドが作ったリストがよくまとまっていたな。スパイスはどうやっても輸入が頼りだ。スパイスの輸出に力を入れた国で、大市には必ず商人と国の高官が揃ってやってくる。今年、もう少し交渉できればよいのだが」

「スパイスを使うとしても少量にするか、他のもので代用して、風味良くセンシュアルに仕上げるっていうのが課題です。高価でも需要があるのなら、試したいですから」

ライアンはマドレーヌから聞いてはいるが、アップル＆スパイスの石鹸が、街の試用では公衆浴場で男女ともに大人気だったらしい。新婚夫婦用にどうか、と言っていたリンには、少し伝えづらい。

「スパイスの、あー、例の、男性への効果がだいぶあったようだ」

「え！　石鹸で？　香りだけで、そこまで？」

「試した者の中に、まるで十代の頃に戻ったようだ、と喜び、二日間寝所に籠りでてこなかった者がいる、と」

こちらも言いにくい話だった。

そう、セバスチャンから聞いてきたばかりだ。気に入って頻繁にそればかりを使っているため、すぐになくなると思われるので、至急在庫を追加したいと。

「えーと、それは新婚の方、ではないですよね？」

「……上は三十に近い子供がすでにいるな」

「それは、なんと言っていいか……。おめでとう？」

リンは、黙ってじっくりと何かを考え込んでいる。

「リン、何を考えている」

「えー、使用上の注意に、仕事休みの前日にお使いください、と入れるべきかどうか悩んでいます」

「それは一例で、極端な例であるとは思うが」

極端な例だが、影響力のある者だから周囲に知れ渡り、その効果は本当かと皆が騒ぐのだ。

「そうですよね。ライアンはあの香り、試してみました？」

「いや、まだだ。試すには風呂を広くしないと」

「ん？　石鹸を試すには、今のお風呂でも使えますよね？」

ライアンがリンの顔を見つめて、固まった。

「……そ、そうだな。リンは、試したのか？」

「アップル&スパイスですか？　私、もともと、あの香りが好きなんですよ。あれに蜂蜜を加えた、もう少し甘めの香りのアップル&シナモン&ハニーっていう、ボディクリームとキャンドルを冬には使っていたぐらいで」

「クリームに、キャンドルもあるのか」

「ええ。だから石鹸もすぐ試したんですけどね。ダメでした」

「……ダメとは、何がダメだったのだ」

誰かと使って効果がなかったのだろうか。いや、誰とだ。そんな報告はどこからも上がってきていないが。

「シロがくしゃみをして、近寄ってくれないんです。イームズの鼻にはキツイらしくて」

だから残念ですけどもう使えません、と言うリンに、ライアンは残念に思うべきか安心すべきか迷った。

「そうか。シロが……。リンが使えないのなら、館で少し在庫を置きたいそうなのだが、もらってもいいだろうか」

「ええ、もちろんいいですよ。本当に気に入ってくださったんですねえ」

今日もその礼を言いたくてうずうずしていたらしいのを、なんとかごまかし、切り上げて帰ってきたのだ。

「ああ。喜ばれるものができて、よかったな」

「マドレーヌさんが、クリームも同じシリーズで考えているって、言っていたじゃないですか。その、二日間寝所に籠られた方は、大丈夫でしょうか」

「大丈夫、とは？」

「ボディクリームとかリップクリームって、蜜蠟が入って、もっと甘くスパイシーでおいしそうな香りになるんですよ。で、石鹸と違って洗い流さないので、嗅覚にガツンと訴えるんですよね。温まった肌から、よりふんわり香りが立つんですけど。……想像してみてください、好きな人の肌から、誘惑の甘い香りが漂ってくるのを」

「まずいな」

「クリームを使って、肌も唇もツルツル、プルプルってなるんですよ。視覚にも、触覚にも影響ありますよね。石鹸で二日だったら、クリームはもっと効果があって大変かな、と」

「まずいな。三日はまずい」

もし執務に影響がでるようなことがあったら、セバスチャンに怒られる未来しか見えない。

「むこうで女性向けの本で読んだんです。研究で、ラベンダーとシナモン・アップルパイって、男性に対して香りの魅惑効果が高いんですって。だから、そういう香り以外のクリームを使えばいいかもしれません」

「ラベンダーは君がダックワーズに確認していたものだな？　そんな危ない効果のものを頼んだのか」

「危なくないですよ！　リラックス効果も、スキンケア効果もあって、素晴らしい花なんです。肉料理とかにはあまり使わないから、ダックワーズさんの薬草の中にはなかったんです。でも、あれは女性もうっとりする香りで、たぶん一番人気になりますから」

あれならフローラルで、シロも大丈夫かもしれないなあ、と、リンはぶつぶつと言っている。

ライアンは、目の前であれこれ考えているリンを眺め、そんな魅了の香りを纏《まと》ったリンの、自分への効果は大丈夫なのだろうかと悩ましく思った。

とりあえず父からはできる限り隠すべきだろうが、報告のあがる領主に、いったいどこまで秘密にできるものか。

香りだけで、ここまで人を悩ませる力があるとは、ライアンは改めて薬草の効果を思い知った。

船の上

ライアンが一人、薬草の香りの効果に頭を悩ませていた頃、オグとシムネルは王都への船の甲板にいた。帆はいっぱいに膨らんでいる。

ライアンからの連絡を受け終わったシムネルは、集中しているうちに自然と寄っていた眉間をもみほぐした。甲板の前方に座り込んだオグに近づく。

「オグ、すみません。ライアン様からシルフが参りました。王都でやることが増えそうです」

「ああ？　アイツ何言ってんだ？　ばあさんを俺たちに押し付けやがって。俺はもうこの船の維持で手いっぱいだ、っての」

オグは波を操り、シムネルは風を整え、船の速度を上げていた。そのため、本当ならあと数日はかかるはずの航行日程は短縮され、明日の閉門の時刻までには王都に到着する予定になっている。二人とも今夜は夜を徹して船の進路を見守り、精霊の様子を見ていないとならない。

「まさか、こうなるとは思いませんでしたが、最近のライアン様のご様子は拝見するのが面白かったので、まあ満足です」

「だいたいなあ、ばあさん、来る時は自分で水も風も使ったんだぞ。帰路の供なんて、いらねえじゃねえか。……それで、王都での用事ってなあ、なんだ？」

ひとしきりぶつくさと言い、オグは落ち着いたようだ。

「王都の精霊術師ギルドから、館へ正式に、リン様についての照会状が届いたそうです」

「早くねえか？　リンは術師としてギルド登録もしてねえし、術を外で使ってもいねえはずだ。ヴァルスミアのギルドの上層部はばあさんの友人で、王都に密告はしねえだろ？」

アルドラ、ライアン、オグ、と加護の多い者は皆、王都にある精霊術師ギルドの本部と仲が悪い。そのせいもあって、ギルド本部からは、各地のギルドに術師登録の徹底と、複数の加護を持つ術師が現れたら王都への報告を迅速に上げるように指示がだされていた。

「ええ。ヴァルスミアの方は、術師としての登録さえなければなんとでもごまかしてくれます。冬至の祝祭には、他領から新年のあいさつに来られる客人も多く、館にも滞在されておりました。ライアン様は、それでリン様を館へお連れしなかったのですが、どうやら街の方に目敏《めざと》い者がいたようですね。儀式の時にはお近くにおられましたから」

「精霊術師のマントじゃなかったが、ライアンと対になるような闇色だったな」

周囲が、そう見えるように気を利かせて選んだドレスだが、ハンターズギルドから揃《そろ》ってでてきて、目立ってはいた。少し調べれば、リンが工房に滞在しているということは、わかるだろう。

「王都のギルドじゃ、なにを言ってきているんだ？」

「賢者の工房に滞在する者は、精霊術師として登録がないと聞くが、何者か。術師であるなら、速やかに登録し王都の学校へ寄越《よこ》すべきだ、といったところでしょうか」

「けっ！　ライアンの時は、賢者の弟子に教えられることはない、と言っていたくせによ」

オグがすいっと片手を動かし、ボソリと祝詞《のりと》を呟《つぶや》いている。波のうねりを抑えているようだ。

「あれが失策だったとわかって、うまくギルドに取り込めるよう、方針を変えたのでしょう。今までにも非公式の問い合わせはライアン様のところにあったのですよ。アルドラ様がこちらに来られて、慌てて正式な照会状を館にだしたってとこでしょうか」

「ライアンは探れ、と？」

「そうですね。王都へ向かうついでに、ギルドの様子でわかることがあれば、と。森への侵入があってから、だいぶ警戒していらっしゃいますから」

崩していた姿勢を戻し、オグは真顔になった。

「おい、あれは北が疑わしいんじゃないのか？　まさか、あれもギルド関連で、リン狙いだってのか？」

「わかりません。ですが、あれも結局正体が摑《つか》めず、相手の意図がわからぬまま終わっています。シロがリン様から離れなかった時期がありました。冬至の頃に情報がどこかに流れた可能性があるなら、と疑っているようです」

「さすがに国内のギルドが誘拐までは考えない、と思いたいがな」

しばらく言葉はなく、船首が切って進む波の音だけが聞こえてくる。

「シムネル、風向きを少し変えてくれ。この辺りで沖にでて、潮に乗った方が速い」

「お詳しいですね」

「ああ、オンディーヌがな」

シムネルが目を見開いた。

「……まさかと思いますが、オグも精霊の声が聞こえるのですか？」

オグが精霊術師としての登録がないだけで、アルドラに教えを受けた、かなりの術の使い手であることはヴァルスミアでは有名だ。でも、普通はすべての精霊の加護を持つ『賢者』にしか聞こえないという、精霊の声が聞こえるとは思ってもいなかった。

「ああ。声もきれいだぞ。俺の場合は、姿がはっきり見えるようになってから、聞こえるようになった。加護が三つってのは、過去にもあまりないらしくてな、記録がなくて、他がどうかは知らんが。かなり疲れるんで、滅多《めった》にしねえよ。……シムネルもこの距離で『シルフ飛伝』が使えるのは、そうとう大変だと思うが」

「受信だけはなんとか。ライアン様の下についてから、距離を延ばして練習させられましたから。便利で助かっています」

「賢者はこれが苦もなく普通だってんだからな。……潮に乗れば、ここからはそんなにかからねえよ。今回はそこまで無茶振《むちゃぶ》りされずに助かった」

「前回は大変だったのですか？」

「ばあさんの引っ越しに、ライアンと二人で借りだされたよ。ある日突然、さ、行くよ、ってな。島まで、二日半だった。あれは思いだしたくもねえ」

「フィニステラですよね。海路は速いといっても、王都への倍ほどの距離がありますよね……」

島までは普通なら七日はかかる距離だろう。

「こういう時に術を使わないでどうすんだい？　っていう、ばあさんの指示に精霊が従ったんだよ。船はグノームが堅くしてあるから大丈夫だ、って言ってもな、いつ大海原の真ん中で船が砕け散るか、気が気じゃなかった。暴走する船がいたら、周囲にも迷惑だろ？　他に船の全くいない沖にでてな、潮に乗ったよ。周囲に気を配って、精霊を見張って、ライアンと二晩、恐ろしくて眠れたもんじゃなかった」

風を使って速度を上げろと言われた時は驚いたが、今回はアルドラにしたら、だいぶ常識的な範囲らしい。

「それは、なかなかキツイものがありますね」

「だろう？　船の持ち主の商人にとっては、早く着くのは嬉《うれ》しいからな。賢者の乗船に喜んでいて、緊張していたのは俺たちだけだったたってのが、なんとも言えなかった。シムネル、ばあさんにつきあって、この程度ですむのは貴重だぜ」

乗員に伝えてくる、とオグは立ち上がった。

ティータイム　剝かれて

近くで身の回りのお世話をさせていただいている私から見ても、最近のリン様はお忙しくていらっしゃる。

昨日はハンターズギルドに養蜂とやらの話をしに行き、その後に会議で見た薬草を薬事ギルドでもらった、と楽しそうにライアン様にご報告されていた。

今もお茶を飲みながら、片手にはＴＯ　ＤＯリストなるものを持ち、ご覧になられている。少しはお休みになられればよろしいのに、リン様はお忙しい方がお好きなようだ。そこへシュトレンから、リン様に館から呼びだしがあり、馬車が階下に迎えに来ていると告げられた。

リン様は不安そうにこちらを向かれた。

「館から呼びだしなんて今までなかったのに。アマンドさんは何か聞いていますか？」

「いえ、私も連絡は受けておりませんが」

階下に下りると、ライアン様が館からの呼びだし状をリン様に渡されるが、そこに用件は書いてはない。

「シュゼットからの呼びだしのようだな」

「なんでしょうね。とりあえず、馬車が迎えに来ているそうなので」

リン様は足元にいるシロに一緒に行くかを尋ねられたが、チョコンと座ったシロは動かぬままだ。

「ね、シロ、お願い。一緒に来て……」

よっぽど不安なのだろう。シロに懇願なさっているが、クワーッと大きなあくびをするだけで動かないシロに諦めて立ち上がられた。

そして今度は、期待を込めてライアン様をご覧になった。

まあ、リン様。そこはシロの前にライアン様をお頼りになるべきではないでしょうか。

ライアン様はシロにチラリと視線を向け「いや、シムネルもまだ戻らぬので執務がある」と、こちらも断られてしまった。

シュゼット様ですから、お茶会のご招待ではないでしょうか、と、不安げな面持ちのリン様をなだめながらともに館へ向かうと、家族門からシュゼット様の応接室へすぐに案内された。


部屋にはシュゼット様以外に、女性ばかりすでに数名が集まっており、私は部屋の隅に待機する。

「女子会？」

リン様はそう呟《つぶや》かれ、見まわしておられたが、慌てて腰を落としてご挨拶をされた。

「カリソン様、シュゼット様、おはようございます」

なんと、カリソン様までこの場にお越しでいらっしゃる。

「リンったら、私のことはシュゼットと呼んでって、言ったのに。兄様と同じに敬称なんてなくていいのよ」

シュゼット様が口をとがらせてそう言う様は、ライアン様に甘えられているご様子と一緒で微笑《ほほえ》ましい。

「リン、このように突然呼びだしてしまって、ごめんなさいね」


今日は館で夏と秋のご衣装を誂《あつら》えるということで、レーチェが隣室に来ているようだ。

リン様はあまりご衣装に興味がなく、シンプルで着やすいもの、派手じゃないもの、といった程度のご注文しかされないので、普段はすべてレーチェまかせだ。

こういう機会にお呼びいただいて、布からご覧いただくのもいいのではないかと思う。

隣室にはすでにレーチェが針子を数名連れてきており、布がいくつも広げられていた。

どうやら秋のご衣装が主となるようで、そのような色味の布が多い。

「まあ、こちらはこの間見せていただいた、ぶどうの皮染めの糸を使った布かしら？」

「はい、カリソン様。染めの職人が赤みの強いものから、逆に暗めのものまで分けて染めまして、いいお色に仕上がりました。あとこちらは同じぶどうでも緑のもので、とても優しい色合いとなりました」

「お母さま、この赤みの強く濃いのは華やかで、お母さまによくお似合いになりそうだわ。リンはこちらかしらね？　フォレスト・アネモネの白が際立ちそう。リンの雰囲気に合うわ」

「私も、ですか？」

「ええ、リン。今から準備すれば秋にちょうどいいのよ」

リン様にはお選びになるのが難しいようで、カリソン様とシュゼット様が、どんどんとリン様に布を当てては、いくつかお似合いになる色を組み合わせ、選んでいく。

このような機会は、本当にちょうどよかったのかもしれない。

布を選び、スタイルを決めて一段落したところで、それは始まった。

ああ、今日のお呼びだしはこちらが目的だったのかと、私にもやっとわかったのだ。

「あの、リン、お願いがあるのだけれど」

シュゼット様が、少し恥ずかし気に申しでた。

「あのね、私の侍女が、謁見の時に着替えを手伝ったでしょう？　それでね、見たというの。レーチェからも勧められて、元はリンの国のものだというし、あの、ブラを見せてもらえないかしら？」

「ええっ！　あの、え、ブラですか？」

カリソン様も横から、熱心にお話しになる。

「ええ、リン。レーチェが、胸の形を整えて、サポートがしっかりして、街で試した者もシルエットがきれいになった、と言うのよ。アンダードレスをきつくしたり、スカーフを巻くよりも魅力的になるし、身体も楽になるはずだからって。でも、どのようなものかがよくわからなくて」

「ええと、あの、はい。サイズが合っていれば、スカーフよりはきれいに見えるし、楽だと思います。最初のブラを試した人からは、お礼を言われましたので」

そういえば、もとから華やかでハンターに大人気なエクレールだけれど、ハンターの視線が熱っぽくなっていたわねえ。

「レーチェもこの場にいるし、私たちも作ってみたいの。あの、お願い、リン、見てもいいかしら？」

同じ長椅子に座るシュゼット様に甘えられて、カリソン様からもお願いされて、リン様はダメだとおっしゃることはできなかった。

リン様、お許しくださいませ。視線がさまよわれて、すがるように見つめられたのはわかりました。ですが私も、さすがにカリソン様とシュゼット様のお二人には、反対ができないのでございます。


取り囲んだ侍女たちは、手慣れているので、テキパキとリン様を剝《む》いていく。

「まあ、これは紐《ひも》で縛ってもいないのね？」

「美しいこと。これでしたら、女性らしい丸みがきれいにでますわね」

「レーチェ、その棒で測るのは、どこの部分になるのかしら？」

「きちんと持ち上がるから、すっきりと見えるようですわ」

待ち構えていた館の侍女たちも含めて、その場の女性全員に興味津々で眺められながら質問を受け、リン様は恥ずかしそうにしながらも、一生懸命に受け答えをされていた。

結局その場にいた全員が、ブラを注文したのです。

きっとこれもリン様が開発した、この領から発信する新しいものの一つになって広がっていくことでしょう。

シロとライアン様は、本日はお留守番でちょうどよかったですわね。この女性のパワーにはかないませんでしょう。

どちらにしてもこの場に同席は許されませんでしたから。

薬草茶のブレンド

ブルダルーにつきあってもらって、リンはこの領特産のベリーをいくつか選び、買い込んできた。もちろん思い切り季節はずれでドライフルーツだが、それがちょうどいい。

これから薬草茶のブレンドを試すつもりだ。次の会議までにある程度決まれば、薬草の栽培、場所、人員に変化がでるかもしれない。

シムネルがおらず、執務がなかなか終わらない様子のライアンの工房を借りるかどうか、リンは迷った。キッチンはこれからブルダルーが使うが、工房は空いている。ライアン様も休憩していい頃ですので、どうぞ邪魔してください、とシュトレンに言われ、借りることにした。

「ライアン、薬草茶を試したいので工房を使ってもいいですか?」

「ああ、かまわぬ。必要な薬草があったら言ってくれ。……何を抱えている?」

「この間ギルドでもらった薬草サンプルと、今日買ってきたドライベリーです。じゃあ、借りますね」


リンが考えている薬草茶は、三種類。

女性向けで、リラックス・安眠にいいカモミールベースのもの。男性向けで、デイタイム・仕事の集中にいいローズマリーベースのもの。男女両方を対象にした、スパイシーでセンシュアルなもの、の三種だ。

カモミールとローズマリーは、それだけでもいいけれど、この領独自の何かを加えたいと思っている。それでいて、あまり値段も上げたくない。難しい。


まず、リンの知らない薬草を、それ単体で味わってみることにした。

最初に手に取ったのは、気になっていた真っ赤なクリムゾン・ビーという花だ。

花びらをちぎってカップに入れると、上からお湯を注いだ。

「えーと、花は香水に使われ、蜜を多く含む。葉は軟膏《なんこう》に加える。まあ、お茶に軟膏は関係ないかな」

最初の会議の後に、薬事ギルドの研究者から薬効などを聞く機会があり、リストにいろいろ書き込んである。それを眺めながら少し待った。

「おお。やっぱり花の色がでて真っ赤、と。うわ、香りは柑橘系《かんきつけい》なのに甘味《あまみ》があるんだ。いいね。煮だささなくてもいけそう」

リストに思ったことを書き込むと、並べたカップにそれぞれ薬草を入れ、お湯を注いだ。

「トルネッラ。吐き気止め。苦っ！　なんだこれ。うぇぇ、口に残る。いや、これ、吐き気止めは無理でしょ。オーティーは疲労回復。うーん。これは草だ。青臭い。ハニーミントは……」

最初に決まりそうなのは、カモミールベースのお茶だった。カモミールに、ハニーミントを加える。

このミントはその花が蜜を取るのに適している、とリストにあったものだ。この領のミントは葉が丸くて、香りも柔らかい。ペパーミントのような爽快さを求める者が多く、市では人気がない。でも葉に甘みがあって、カモミールと合わせても、甘く爽やかなブレンドになりそうだ。

「カモミールは、これでよさそう。一対一の分量でいいよね。ローズマリーには、オーティーを入れたいけど……味がなあ。思いっきり草って感じなんだよねぇ」

もう少し何か加えたいけれど、思いつかない。

一番おいしそうな、スパイス・センシュアルティーを先に試すことにした。

「シナモン、クローヴ、クリムゾン・ビーは確定。これで色は赤いでしょ。これにベリーを足して、乾燥リンゴはなしかなあ。難しいよねえ。官能的なのって、南国の花とかが多いから」


リンがスパイスを使い始めた頃から、執務室までシナモンの香りが届き始めた。リンがブツブツと呟《つぶや》いている声も聞こえる。そろそろ休憩をしてもいいだろうと、ライアンは気になる隣室に足を向けた。

「いい香りがしているが、できたのか？」

「一つは。女性向けの、リラックス&ベッドタイム用のカモミールです。ライアンも試しますか？」

「ああ」

リンから手渡されたカップの茶は、薄い黄色をしている。すっきりとした、甘い香りが鼻に届いた。

「すべてのお茶に、この領だけで採れるっていう薬草を入れたいんです」

「独自性か？」

「そうですね、カモミールだけでもいいんですよ。でも、この領だけのものを入れて、効果もあって、おいしくて、そんなに高くならなければ、他の領にもたくさん売れないかな、と」

「ずいぶん、よくばりだな」

ライアンはふっと、笑った。

「だが、領としてはありがたい。それに、おいしいな。落ち着くいい香りだ」

「でしょう？　お茶はね、まずは何よりおいしくないと！」

薬じゃないですからね。じゃないと飲みたくならないでしょう？　と、リンは自分のこだわりを伝えた。

「それで、今、官能のスパイス&センシュアルを試しているんですけどね、いろいろ試したら、わからなくなってきて。今度、師匠かダックワーズさんに試してもらおうかな、と」

なぜ、官能のスパイス&センシュアルで、その二人の名前がでるのか。

それにその怪しげなネーミングは何なのだ、と思いつつ、ライアンは尋ねた。

「なぜブルダルーと、ダックワーズなんだ？」

「薬草に詳しいし、二人とも料理人ですから、味を見極めるのに優れています。私、薬草茶も少し売っていましたけど、自分でブレンドしたことはないんです。茶葉が専門で」

「私も、試してもいいか？」

「もちろんお願いします。これが最後ので、一番いいと思うんですけど。シナモン、クローブ、クリムゾン・ビー、オーティー、ヴァルスミア・ベリーの実と葉、です」

二つ目のお茶は、真っ赤だった。

フルーティーで甘く、スパイシーな香りが脳を刺激しながら、液体がのどをなでるように、とろりと滑り落ちていく。食感までも官能的だ。効果はともかく、十分な仕上がりだった。

「おいしいと思うが、これではダメなのか？」

「混ぜ合わせる分量をどうしたらいいかな、と決めかねているところです」

「これには、ずいぶんな種類を混ぜたんだな」

「ふふふ。効果を保ちつつ、スパイスを減らして薬草に置き換えられないか考えたんです。オーティーは活力アップにいいって聞いて。それに森で邪魔にされるぐらい生えてるから、栽培する必要がないと」

「ああ。よく研究されている薬草で、疲労回復の薬にもなっている。クリムゾン・ビーとヴァルスミア・ベリーは？」

「クリムゾン・ビーの花は香りも、味も強いので、このお茶のベースとして考えています。あと、色も赤がきれいにでて、センシュアルっていう感じがします。それに花びらがたくさんあるでしょう？　夏至の頃に、女の子がこの花で恋占いをするんですって」

ライアンは聞いた覚えがない話だ。

「恋占い？」

「男性はしないですよね。好き、嫌い、好きって、一枚ずつ花びらをちぎっていくんですよ。最後に一枚残ったのが、相手の自分への気持ちっていう占いです。そういう花が、このお茶に入っているのもいいかなって。なんといってもラブ&パッションのポーションですからね」

「ほう」

先ほどからリンは、なぜこのお茶に珍妙な名前ばかりつけるのだろう。

「ヴァルスミア・ベリーは、実の方は風味と見た目ですね。赤がきれいで、甘く、とろりとした食感になります。で、葉の方はスパイシーさがでるので。あと、その……葉には気分を高揚させる効果があると、薬事ギルドで教えてもらったので、風味も薬効もジンジャーの代わりにいいかな、と」

「葉か？　根だったら確かに、濃縮したものが薬になっているが。滋養強壮だな」

「あ、農村の風習だというから、ライアンは知らないのかも。ヴァルスミア・ベリーって、数枚の葉をわざとつけたまま売っているんだそうですよ。夏至の頃って、結婚式も多いのでしょう？　新婚カップルが、それこそ、えー、しょ、初夜の床で葉を噛《か》みしめるそうです。緊張をほどいて、気分を高揚させるんですって」

「……それは、知らなかった」

「根ほど強い効果じゃないし、お茶ならいいのでは？　って、薬事ギルドで教えてもらいました。ヴァルスミア・ベリーやクリムゾン・ビーの、そういう豆知識が聞けて面白かったです」

葉だけだと辛みがあるからベリーも一緒に食べさせあうので、この領の初夜の香りはヴァルスミア・ベリーなのだという。

「ローズマリーは、どうするのだ？」

「悩んでいるところです。男性向けで、テーマは朝の一杯、仕事に集中って感じにしたいんです。

オーティーを加えたいけれど、風味が青臭くて」

ライアンはしばらく考え、工房の引きだしから白い薬草花を一つ取りだした。

「これはどうだろう。この領内、山地の方で採れるグノーム・コラジェだ。大きな葉がついていて、グノームが裏に隠れるといわれている。これを入れると、たぶん騎士あたりが喜ぶ」

「香りも強く、いいですね。騎士がよく用いるんですか？」

「根にも葉にも薬効がある。疲労回復や傷などにも効くんだが、花は香りで気分が引き締まり、勇気を奮い立たせると言われている。昔は戦いに向かう前に、騎士が女性から贈られた花だ。無事を祈って待つ、という意味があった」

「へぇえ。ライアンもそういう豆知識を持っているんですねぇ」

「女性向けは知らないが。……ああ、葉の裏にグノームは隠れていなかったぞ。オグと探したが」

ライアンはこれで少し、ブルダルーや薬事ギルドに負けずに、リンの役に立てた気がした。

シムネルの帰領

シムネルが王都より帰領した。

早速報告を受けるため、ライアンはフログナルド、シムネルとともに工房の執務室に入り、少しバツの悪そうな顔をした。

机上には片付かなかった書類の束があり、シムネルの視線がその山に飛び、眉を上げたのが見えた。

「アルドラの相手は疲れただろう。ご苦労だった。オグは一緒に戻ったのか？」

「いえ、島まで供をされていきましたので、まだもう少し先かと」

「アレは面倒見がいい。アルドラの気に入りだ。……報告を」

「では、まずフィニステラ、それからベウィックハムとの会合結果から」

途中で精霊術師ギルドへの探りという追加が入ったが、もともとシムネルはアルドラに付き添うついでに、王都で南部の薬草生産領地担当者と面会し、大市への来領予定を確認することになっていたのだ。

フィニステラは現領主が先王の側近で、十数年前に王領だったフィニステラを下賜された。その直後に隣国から技術者を招きオリーブの生産をはじめ、最近では隣国にも負けぬ、大変品質の良い油も採れるようになっている。

ベウィックハムは薬草で有名で、この国の薬の生産はこの地の薬草に頼るものも多い。

「フィニステラ領の方へは、アルドラ様も茶の木について知りたいと、同席されました。オリーブの栽培を始めた同時期に、高額の茶が我が国にも輸入され始め、これにいち早く目をつけた御領主《ごりょうしゅ》が、茶の木の栽培も行うよう指示したそうです。ですがこちらはうまくいかず、オリーブのみが拡大したようです」

「うまくいかなかった理由は？」

「不明だそうで、アルドラ様が島に戻ってから御領主様に面会する、とのことでした。オリーブ油もフィニステラから他領にでる多くは、最高級の食用油だそうです。食用とそうでないものとでは値段がかなり違うので、需要に合うならそちらの検討もしてはどうか、ということでした。フィニステラでは、オリーブ油が灯《あか》りにも利用されるようでした。大市に担当者が参ります」

「興味深い。ベウィックハムは？」

「薬草について商談したいためという理由で、大市への来領予定を尋ねましたところ、なんと御領主様の御次男様に取次ぎがされておりました」

「ほう」

ライアンの側近とはいえ、文官同士の予定確認に領主一族がでてくることはない。

「ベウィックハム伯爵の御子息はお二人ですが、ともに精霊の加護を持っていて、御次男様の加護は土です。それもあり、薬草栽培の責任者だということでした。まだ成人したばかりでお若いですが、領を盛り立てようという真摯なご様子が見て取れました。ご本人が大市に来領されるかもしれません。御長男様は精霊術師だということで、どこでギルドとつながりがあるかわからず、詳しい事は話しませんでした」

突然船に乗せられた、急な王都への派遣と面談だったにもかかわらず、シムネルは多くの情報を得てきていた。

「次に、精霊術師ギルドからの照会の件です。ギルドは『突然現れた、賢者の工房に住む者』に対して、いぶかしんではおりましたが、それ以上のことはなかった様子です。アルドラ様が話を聞いて、その、直接回答に来たとギルドに乗り込みまして」

状況が簡単に想像できて、ライアンは眉間を押さえた。

「アルドラがでたら、話がこじれたのではないか？」

「今回はそれほどのことはなく、話をしている裏で『聞き耳』を使ってくださるのが目的で」

『聞き耳』は、例えば過去の密談の場にシルフがいた場合、そのシルフに遡って話を再現させることができる。力のある風の術師がいれば密談の前にシルフを払うが、『聞き耳』ができる者も今では多くいないので、警戒されることは滅多《めった》にない。領主会談の際に、念を入れてシルフを払っておくぐらいだ。

「もうけ話は数多くしていたようですが、誘拐といったような大それたことは話していなかったようです。リン様が黒髪であることも会合まで知らなかった様子で、それを聞いて興味を失ったようではありました」

「なるほどな」

「アルドラ様が『ライアンだっていい歳《とし》の男なのだから、妙齢の女性を住まわせるのも、まあ普通だろう？』と発言され、それで納得されたのかと」

ゆったりと話を聞いていたライアンが、体勢を崩した。

「話をこじらせて、いや、曲げているではないか！」

「いえ、ライアン様、リン様の安全面を考えますと、そのように思われた方が得策かと。私からも森のご報告を」

フログナルドが口を挟んだ。

あれ以来一か月、昼夜隔てなく、騎士とハンターによる森の巡回を強化していた。

「新たな侵入は防げているように思いますが、すでにご報告した通り、過去の侵入の焚火《たきび》跡は古いものも含め合計で二十近くとなりました」

「ああ、聞いている」

「場所もバラバラですが、一番奥まで入り、焚火跡を多く見つけた騎士の意見です。彼が見つけた痕跡はすべて水のそばで、オークの古木の近くだったと。奥は大木が多くなりますから、続けて見つかったのだと思われます」

その騎士も最初は気づかなかったが、最後はオークと水を探したら痕跡が見つかり、確信したのだという。

「なんだと？」

「それを受けて、初期に見つけた森の手前側の跡を確かめると、確かにその通りでした」

「オークとは、ドルーを探しているのだろうか。聖域めあての侵入か？」

「わかりません。ただ、この地の者は冬至に集まる聖域の位置を知っております。入れないだけで、中が見えないわけではありません。聖域に立ち入れないことを知らない者でしょうか」

「聖域に入り、火を焚《た》こうとしているのか。だが、それでも目的がわからぬ」

一歩前進したようで、やはり不可解な話だった。入れたとして、いったい聖域に何の用があるというのか。精霊との対話か、破壊行為か。

「そのような状況ですから、リン様が聖域に入れる者と知れるよりは、ライアン様の庇護《ひご》を受けている女性として認識されている方が、まだ御身が安全かと思われます」

「しかし、フログナルド、それではリンの名誉が」

「邪推に腹立たしいお気持ちは十分わかりますが、実際ここに住み、保護されておられるのは変わりません。どうか安全を最優先に」


そこへリンが、シムネルさんが戻られたと聞いたのでと、お茶を持って入ってきた。

「薬草茶ですけど、新作です。味がいいと、これでお墨付きをいただきました。仕事の集中を高めますので、ぜひ」

リンが試していた、ローズマリーのお茶だった。

「決まったのか？」

「ええ、グノーム・コラジェで風味がぐんと良くなりました。カモミールもいいと言われましたので、よかったら持って帰って、寝る前に試してください。ラブミー・ポーションは、ダックワーズさんが来て、今、師匠と厨房《ちゅうぼう》で試しているところです。やっぱり、さすがなんですよ。二人で飲んだ後の身体の熱さも検討していて、すっごいものができそうです。これは寝所に三日は籠れそうな感じですから、楽しみにしていてください」

「……三日は困る。二日にしてくれ」

それじゃ、書類がんばってくださいね、とリンは戻っていった。

ライアンの大きなため息が落ちた。

フログナルドとシムネル、二人のなんとも言えない視線が気になる。

「……ライアン様、私が少しいない間に、いつからリン様は怪しげな薬にまで手をだされるようになったんでしょう」

「シムネル、薬ではなく、茶だ。リンは今いろいろと大事な単語を抜かして話していたが、きちんと説明する。そうすればなんの問題もないことがわかる。最初の会議からだから説明に少し時間がかかるが、聞くか？」

「ええ。……ここまで書類がたまった理由がわかりそうですから」

「私も知りたいです。ライアン様、失礼ながら、リン様のあのご様子ですと、外聞はあまりお気になさらずとも良いようにも感じますが」

リンのあの感性で名前を付けるのを、即刻やめさせなければ、とライアンは思った。

新しい甘味料

春の大市まであと一月ほどに迫った。

まだ雪は残っているが、ここ数日は気温も穏やかで、陽《ひ》の光まで色が変わったようだ。

ウィスタントン公爵がこの地に領主として入ってから始まったこの大市は、春と秋に六週間ずつ開かれる。

春と秋の『ヴァルスミア大市』と、夏の王都セントミアでの『セントミア大市』は近隣諸国でも有名だ。

国境にあり、ウェイ川を上って海からも入りやすいこのヴァルスミアに、国内はもちろん、国外からも商人が集まる。人が集まればそれだけ商談の機会も多い。商人だけではなく、領地や国の担当文官なども合わせて、自領の、自国の産業を後押しに来るのがほとんどだ。

近隣から一週間だけ来る者もいれば、遠国からやってきて六週間滞在する者もいる。領民の個人出店もあれば、国単位の出店もある。

ヴァルスミアの街が六週間、祭りのようになるのが大市だ。

今年は領の店をマーケットプレイスに大きく取り、ヴァルスミアの新しい製品であるブラシ、石《せっ》鹸《けん》、クリーム、薬草茶などを押しだそうとしており、すでに商談予定もある。こんなに一度に新製品がでることなど、滅多《めった》にないのだ。

館の文官も各ギルドの担当者も、忙しくとも、ここで売らなくていつ売るのだ、少しの寝不足がなんだ、と気合いが入っている。

騎士やハンターも、期間中にどうしても荒れる街の治安維持のために会議を繰り返していた、そんな時のこと。


エクレールがクグロフの工房で打ち合わせをしていると、挨拶の声が聞こえ、リンがひょっこりと顔をだした。

なぜか片手に水桶《みずおけ》を提《さ》げている。

「クグロフさん、お願いしていたものをいただきに来ました。あ、エクレールさん、こんにちは。お邪魔してすみません」

「あら、いいのよ。リン。ほとんど終わっているもの」

クグロフが立ち上がって、作業台からリンの依頼の品を持ってきた。手にしているのは、細長い枝のような木片で、中央に溝のようなものが彫られていた。

また新しいブラシかと思ったら、どうやら違うようだ。でも、それが何なのかエクレールにはわからなかった。

「このような感じでいかがでしょうか」

「そうです。こんな感じです。あ、こちら側はもう少し削って、尖《とが》らせてほしいです」

その場でシュルシュルと木が削られ、あっという間に形ができていく。

「これです！　助かりました。今日使ってみて、具合がよければ、あと少しお願いすると思います」

「リン。これは何かしら？　ブラシになるのではないわよね？」

「樹液を採る道具を作ってもらったんです」

「樹液？」

リンがクグロフの作った木片と、片手に提げた水桶を持ち上げてみせた。

どうやら溝の部分が、樹液の通り道になるらしい。

「水の悪いところでは、のどが渇いたら樹液を飲むと聞いたことがあるわ。試したことがないけれど。それとも、石鹸やクリームに使うのかしら？」

「ふふっ。今回はシロップを作ってみたいと思って」

「シロップ？」

「ええ。樹液を煮詰めると甘い、とろりとしたシロップになるんです。蜂蜜のような甘味料になるかなって」

「甘味料、ですって!?」

エクレールはリンの説明に目を丸くした。

ニコニコと楽しそうなリンは、その意味がわかっていないに違いない。

エクレールがふっと息を吐いた。

「リン、ヴァルスミアの森でできるのね？　たくさん作れるものなのかしら？」

「ええと、どうかな。バーチの樹液なんですよ。バーチは森にたくさん生えてますけど、春先の今からひと月ぐらいしか採取できないいんです」

エクレールがじっと考え込んだ。

「あの……」

「リン、ライアン様はこのことをすでにご存じかしら？」

「まだです。今から試してみて、うまくいったら言おうかな、って」

「大変！　リン、すぐに戻ってライアン様にお伝えしてちょうだい。いいわね？　今すぐよ！　ハンターの準備も整えるわ。あ、クグロフもこの道具の増産は大丈夫かしら？」

エクレールの勢いに、リンとクグロフはコクコクとうなずいた。


「あの、ライアン、すみません。お時間いいでしょうか？」

ライアンとシムネルが執務室で報告書をさばいていると、リンが扉から顔を覗《のぞ》かせた。

「どうした、リン」

「後でライアンに伝えようと思ったんですけど、さっきクグロフさんの工房でエクレールさんに会って、今すぐ戻って伝えるようにと言われて」

なにか緊急事態でも起こったのだろうかと、ライアンは表情を険しくした。

「なにがあった」

「そんな怖い顔をさせるようなことじゃないんですよ？　あの、甘味料を作りたいんです」

「……養蜂の話はすでに進んでいると思ったが」

養蜂はリンの話を聞き、ハンターたちが木箱を作って、中に枠を入れて調整をしていた。

「いえ、ヴァルスミアの森で蜂蜜ではない甘味料が作れそうなので、準備して……」

「甘味料？」

「森で、ですか？」

ライアンがリンの言葉を遮った。シムネルも目を見開いている。

その勢いに、リンはコクコクとうなずいた。

「ええ。そのための部品を頼みにクグロフさんのところへ行って、エクレールさんに説明したら、これからハンターの準備も整えるからすぐライアンに言うようにって」

ライアンの眉が寄り、さらに顔が険しくなる。

エクレールがそう指示をだしたのなら、かなり大がかりな話なのだろう。

もし領で甘味料ができるのであれば、今までリンが提案してきたものより、さらに高額な産物となる。

口に甘く感じるものは、すべて値が張るのだ。

砂糖はスパイスと同じで海を越えてくる。すべてを輸入に頼るしかなく、大陸では非常に高価だ。

養蜂はまずウィスタントン領で試し、安定して蜂蜜が採れるようなら、他領へと広げていくことになる。どうやっても蜂が越冬しやすい南の地の方が、養蜂には向いているだろう。それでも領内で蜜蠟《みつろう》や蜂蜜の値が上がっている現在、どれほど助かるかわからない。

その上、さらにこの森で甘味料を作るという。確実に領の経済を変える提案だ。

ライアンは手に持った書類を置くと、ふっと息を吐いた。まず、落ち着いて話を聞かねば。

「何を考えているか、簡単に教えてもらえないか？」

リンの伝えた甘味料は、この森の南側に広がる、バーチの木の樹液を使ったシロップだった。

「リンは森に住んでいたわけでもないのに、よくバーチについてこれだけの知識があるな。これもネットか、テレビで学んだのか？」

「いえ、これはスプリング・キャンプです。私、父と国外で二人暮らしの時があって、長い学校休みには、学校が募集するキャンプに放り込まれたことがあるんです。森での生活を体験するっていうキャンプで、シロップはそこで作ったんですけど、たぶん今でも覚えているはず」

ライアンはシムネルに二回目の商品会議を早めるよう指示をだすと、リンと森へ行くために立ち上がった。

リンの持つ水桶の中には、何やらガラガラと音を立てているものが入っている。

「リン、バーチは森でも南側に広がっている。もっと右に行かなければ」

「ドルーに挨拶した方がいいのかなと思って」

森の木に穴を開けて回るのだ。

キャンプでは、自分で修復できる程度の穴だから木は痛くないと大人は言ったけれど、果たして本当なのか。

当時、木には聞けなかったけど、今ならドルーがいる。

リンに呼びかけられ、話をふむ、ふむと聞いていたドルーだったが、突然とんでもないことを言いだした。

「リン、我の樹液を採ってみないかね？　痛いかどうか、わかるじゃろう」

「ええっ！　でも、オークの樹液でもできるのか、私、知りませんし、ドルーに穴を開けるのはダメですよ」

「残念じゃのう。リンに使うてもらえると思ったんじゃが。やっぱり肌がピチピチとした、若いバーチがいいのかのう」

白いあご髭《ひげ》をなでながら、心底残念そうに言う。

ライアンは、額を押さえて黙ったままだ。

聖域のオークに傷をつけるのは、いくらドルーが許してもダメだろう。

「ええと、ドルーのシロップは、きっと皆が恐れ多くて使えないですよ。ドルーはそのままで、どうか長生きしてください」

「ほ、ほ、すでに幾世を経た我の、さらなる延齢を願うか。これはまだがんばらんといかんのう」


ドルーの許しを得て、一緒にバーチが林立する場所に向かう。

リンはザクザクと雪を踏みしめ歩きながら、採取に適した木について説明した。

「樹液をいただくのは、一オーク以上の太さになったバーチです。それ以下では細すぎます。気温的にそろそろだと思うんですけど、三、四週間の間、採取ができます。バーチの木が完全に芽吹く頃には樹液が濁るので、そしたら穴をふさいで、その年は終わりです。……これなんか、いいんじゃないでしょうか」

森の縁《へり》にある一本で、しっかりと太い。

先が細くとがった太めの釘《くぎ》のようなものを水桶から取りだし、バーチの樹皮に当てる。

「痛かったら教えてくださいね」

バーチを見上げて一言断ると、リンは木槌《きづち》で恐る恐る打ち始めた。

途端に枝がザザッと音を立てて揺れる。

「うひっ。ごめんね」

リンは驚いて枝を振り仰ぐと、パッと手を離した。

「リン、もっと一気にやってもらわんと、こそばゆいそうじゃ」

「私がやろう」

「ええと、じゃあお願いします。指の先ぐらいの深さまで入れば大丈夫です。それで、真っすぐ横じゃなくて、下から上に向かって穴が開くように当ててください」

「こうか？」

「そうです」

二度ほどで十分な穴が開き、樹液が溢《あふ》れ木肌を伝い始めた。

「でましたね！　よかった。えーとここに、クグロフさんに作ってもらったこれを差し込んで、と」

「もう少ししたら、もっとよくでるようになるじゃろう。バーチの春の勢いはすごいからのう」

「なるほど。この枝を伝って樹液を集められるのか」

「そうです。時間があったら、木の中に管を通してもらったんですけど、今回はこれで。養蜂の時に一緒に考えていたんですけど、お茶の件で舞い上がって、最近まで忘れてたんです。……それで、この水桶を木の幹に結びつけます」

ライアンに手伝ってもらって、水桶が落ちないように、しっかりと幹に結びつける。

「これでいいですね」

よし、と眺めていると、ライアンがさっと手を伸ばして、水桶から何かをつまみ上げた。

「グノーム、覗き込むな。落ちるだろう。……これは蓋がいるな」

「覆いがあれば衛生面でもいいですね。後でとりあえずチーズクロスをかけておきます」

「たまるのには、どれぐらいかかる？」

「勢いがいいと、この水桶で半日から一日だと思います。キャンプの時は夕方に仕掛けて、次の日の朝にはいっぱいでしたね」

「それを明日、煮詰めるのだな？」

「ええ。採取もですけど、煮詰める作業は大変です。でも人手さえあれば、原料がここにすでにあって、甘い蜜ができるんですよ。三週間の間、一本の木から毎日、この桶一杯ぐらいの樹液が取れます」

「桶一杯で、どのぐらいのシロップになる？」

「それなんですよね、問題は。この桶一杯のシロップにするには、だいたい桶百杯の樹液が必要です」

「百分の一か」

「ええ。バーチの倍ぐらいのシロップができる、メイプルっていう木もあるんですけど、この森にありますか？」

こういう葉を知っていますか？　と、カナダの国旗にある葉をリンは地面に描いた。

「メイプルなら、ここより西の森にあるじゃろうな」

「西の森？」

「ウィスタントンと西隣にあるラミントン領との境の森だ。森の大部分は隣領になる」

「じゃあ、メイプルシロップはそちらにお願いできるかもしれないですね」

「ああ。ラグナルに伝えよう。北はどこも農地が少なく、苦労している。助かるだろう」

「ラグナルさん？」

「ああ、領主だ」

さらりとでてきた領政トップ中のトップの名前に、リンは目を見開くと、無言でコクコクとうなずいた。

「あ、でも、生産は来年になると思いますよ。メイプルの方が最初、もっと寒い時期に樹液を採って、その後にバーチの採取時期なんです」

「ここで成功して、方法を伝えればいいということだな」

「二つとも風味が違うので、両方手に入るなら私は嬉《うれ》しいですね。メイプルはまろやかな甘味《あまみ》で、女性向けです。バーチは、少し果実味があって、スパイシーで男性的です。たぶんこの辺りの肉料理に合います。シロップができたら、師匠とダックワーズさんに、なにかおいしいモノを考えてもらおうと思って」

リンは甘いものが増えそうと、ニコニコと満面の笑みだ。

ライアンは頭の中で計算していた。用具、人員、保管方法。何とかなるだろうか。

「ライアン、腰に付けているカップを貸してください」

リンは水桶に少しだけたまった樹液を掬《すく》い取り、ライアンに差しだした。

「そのまま飲んでみてください。樹《き》が成長するための樹液だから、身体にもいいんですって。冬の間に身体にたまった悪いものを、デトックスできるって言ってました」

「……ほんのわずかだが、甘味があるか」

最後にふわりとした甘さを感じる。

「その甘味が、煮詰めるとシロップになるんです。あ、私にもください。冬の間にちょっと太っちゃったから。これ、効くはずなんですけど」

師匠の料理がおいしかったし、家にいてあまり動かなかったし、と腰の辺りをなでながら、リンはバーチの樹液を飲んでいる。

ライアンはすっと視線をやると、そのくらいでちょうどいいのでは、という言葉を飲み込んだ。


木に括《くく》り付けた水桶は、結局そのまま一晩置くことになった。

翌朝、また別の水桶を持ち、森へ戻ると、並々と樹液の入った桶と交換する。

「うぉ、けっこう重い。これ、遠くの木に結びつけたら、運ぶのが大変ですね」

ライアンは再度、空の水桶を木にしっかり結び付ける。

「数が多くなれば、雪のあるうちはそりをだすだろう。あとは、この水桶を結びなおす手間がかかるな」

「そうですね。こう水桶の下に栓を付けたようなのを作って、空の桶に移せるようにするか、地面に桶を置くか、ですかねえ」

「改良案が皆からでてくるだろう。さ、貸せ。行こう」


工房でリンはいつもと同じ主張をした。

「ライアン、煮詰めるのですけど、本当に屋外でやった方がいいです。蒸気がすごいでるんですよ。モクモクなんですよ？」

「水場のドアを開けてやればいいだろう」

今回も工房内で、と言うライアンに押し切られ、リンは平鍋に樹液を入れて火をつけた。

「サラマンダーお願い。インフラマラエ」

「ふむ。沸騰させて、その後は？」

「とろりとしたシロップになるまで、焦げないように煮詰めます。時間がかかりますよ」

「サラマンダーを使うと、どうだ？　すぐにできるだろうか」

ライアンは火のそばにいるらしいサラマンダーを指差した。

「さすがにサラマンダー時間は知りませんよ。これはじっくりやった方がいいと思いますよ。後で作業する人に教えないとダメですし」

「樹液に甘みがあるだろう？　昨日もグノームが落ちそうになっていた。甘いものは人間だけじゃなく、精霊も好む。先ほどからソワソワと鍋を見ていて、もっと甘くなったら飛び込みそうだ。それならきっと一気に蒸発してできるぞ。サラマンダーを捕まえておくのも手間なんだが、どうする？」

リンが眉を寄せ、口をとがらせた。

「それ、周りに飛び散りませんか？　あの、精霊を使って、飛び跳ねない、焦げない煮詰め方がないですかね……」

「じゃあ、時間短縮でいいな」

そう言うと、ライアンは手首の『火の加護石』をさぐった。

「ヴェイポレエスタド　パテットシュレッポ　ノンヌーロ」

シュウッ　シュボッ　シュボボボボボボボボボ

すごい音と蒸気がモクモクと工房いっぱいに広がった。真っ白な、甘く濃い霧の中にいるようで、全く何にも見えない。

「うわっ、ライアン、これダメ！　アデュチエーレ　フォー、……えーと、シルフ、風を呼んで！　蒸気を外にだして、お願い！」

蒸気が消えてくると、二人で顔を見合わせた。

「……ライアン、だから言ったじゃないですか。外でやりましょうって」

「すまぬ。精霊を使う時は外だな」

そう言いながら、ライアンは素早く手を伸ばす。鍋の上でうまく精霊を捕まえたようだ。

今度はどの子だろう。

鍋の中には、カップに半分ぐらいのシロップが入っているだけだった。

「……こんなに少ないのか。精霊がすでに舐《な》めてしまったわけではあるまいな？」

ライアンは指の先で逃れようともがいている精霊を見ると、ポイッと後ろにほうり投げた。

「百分の一ですからね、こんなものでしょう。でも色はきれいで、明るいアンバーですね。私の知っているバーチシロップは、もっと濃い色でした」

「ああ。本当にできたな」

「少しだけ味見しましょうか。精霊はがんばったから、瓶に移してから、いくらでも鍋についてるのを舐めてもいいですよね」

スプーンの先にほんの少し載せて味わった蜜は、見た目は蜂蜜のようでも、また違う風味があった。さほどスパイシーさも強くなく、ベリーの香りがほのかにして、とろりとした甘いシロップだ。

春の初めの樹液だからだろうか。

「フルーティで、おいしい。ライアン、できましたね！」

リンがライアンを見上げて、ほほ笑んだ。

できあがった新しい甘味料に、ライアンはいつもと違う春の気配を感じていた。

「リン、すまないが、この件を父上に報告しないとならぬ。最初の蜜を奪うようで申し訳ないが、館に持っていってもよいだろうか」

「ええ。明日も、明後日も、これからしばらく毎日できますから」

春の訪れはもうすぐだ。

二回目の会議と水桶狂騒曲

翌日の午後には、館で二回目の会議が開かれた。

「あ、ライアン、オグさんが戻られてますよ。おかえりなさい」

「おう、リン、ライアン。……今朝やっと着いたばかりだぞ。なのにエクレールにそのまま引っ張ってこられた。向こうの報告はまた今度な」

今日の会議は一回目の会議参加者に加えて、オグとシムネルが入るようだ。

「忙しい中、会議を前倒しにしてすまない。緊急案件が持ち上がった。だが、まず予定していた事項からいこう」

「かしこまりました、ライアン様。それでは商業ギルドから」

トゥイルが立ち上がる。

「今年は大市に、領の場所として例年の倍の広さを確保しております。商業ギルドのすぐ前で、必要であればギルド内の会議室へ移動して商談となります」

「部屋の確保は多めに頼む」

「はい。製品ですが、ブラシは細工者も慣れ、数が揃《そろ》ってきております。石鹸《せっけん》、クリーム、薬草茶などは、その場で個人への販売は可能ですが、大きな数となる場合、受注生産でお願いします。大市までにできる限り揃え、期間中の在庫管理に留意します」

ここで薬事ギルドのマドレーヌが文官に指示し、お茶のカップが配られた。

それぞれの前に三つずつ並ぶ。

「前回の会議の後に、リン様が作成され、ご提案いただいた薬草茶です。どれにもこの領でしか採れない薬草が使われているのが特徴です。資料の二ページ目に、使用している薬草のリストがございますが、領の機密文書となります。……リン様、ご説明をお願いしても、よろしいですか？」

リンは立ち上がり、まずここにいる皆に理解してもらい、広めてもらえるように真摯に話した。

「どれも、薬効がシンプルに伝わるように考えました。ですが、薬効、薬草というと薬を思いだし、苦い、まずいと敬遠されるかもしれません。薬と違うのは、このお茶がおいしいということ、毎日飲んでも問題なく楽しめる、ということです。皆さんにはそこを一番に伝えて、お茶を生活に取り入れる習慣を広めていただきたいです。結果的に、それが販売量の増加につながります」

この会議の参加者は皆、熱心だ。メモを取り、考え込む。

「左が、リラックス&ベッドタイムです。蜂蜜を入れなくてもほんのりと甘味《あまみ》を感じるかと思います。香りでリラックスしていただいて、安眠を誘うのが目的です。女性向けの風味ですが、もちろん男性がダメというわけではないですよ？」

それぞれが説明を聞きながら、香りを嗅ぎ、カップに口をつけている。

その顔がふっとほころぶのが、リンには見て取れた。

「次が、ワーク&デイタイムです。すっきりと目が覚めるような、爽やかな緑の香りのブレンドで、仕事の開始時や休憩時に、集中してやる気をだすのにいいかと思います。男性向けでしょうか」

リンはさっとライアンに視線を投げてから、続けた。

「最後は、男女両方が対象の、ラブ&センシュアル、です。暖かな赤みの強い色合い、フルーティでスパイスのきいたブレンドで、身体の内から温めます。これは食感にもこだわって、お茶ですがのどをとろりと落ちていきます。秋、冬に特に人気がでるかと」

ライアンがリストを見ながら聞く。

「リン、結局ジンジャーを加えたんだな？」

「ええ。師匠とダックワーズさんに風味の調整にご協力いただきました。お腹《なか》に入った時に、ジンジャーがあると熱がでます。あと、クリムゾン・ビーも、甘味のあるのは花ですが、香りは葉の方が強いとのことで、葉も足しています」

今度の名前は怒られないよね？　とリンは、ほっと息をついた。

「わかった。シムネル、原料の価格調査にそれも加えてくれ。じゃあ、次は栽培関連事項」

館の調達担当の文官が立ち上がり、報告する。

「はい。グノーム・コラジェ、ヴァルスミア・ベリーは、これらの採集を例年依頼する村がありますので、そちらに引き続き依頼します。春の大市での受注を見て調整しますが、例年より五割程度の増量を考えて、予算を組んでおります」

薬事ギルドのマドレーヌが付け足した。

「ヴァルスミア・ベリーは、十割。例年の倍を見込んでくださいませ」

「そこまでになりますでしょうか」

「はい。倍で足りるかどうか。その……館、の分も確保しないとなりませんので」

「……ああ、そうでございますね」

ライアンに多くの視線が集まる。いたたまれない沈黙が続いた。

「……配慮に感謝する。注意するよう、伝えておく」

「えー、続けます。オーティーとハニーミントについては、栽培なしです。オーティーは触れると痛みがあるので、森へ行く子供たちのために毎年ハンターズギルドで刈り取り、捨てているのを買い取ります。ハニーミントは近郊に群生地があり、そこで対応します。育てると増えすぎて大変なことになるそうです」

ライアンがリストをにらんだ。

「ローズマリーについては、南のベウィックハム、それからダックワーズの家族と面会予定だ。そうすると、トライフルらに頼んで栽培するのは、クリムゾン・ビー、カモミールとなるか」

「まだ少し寒いので、薬事ギルドの温室で種をまき、苗まで管理する予定です」

「あの、すみません。できれば工房の温室にも、少し種がほしいです」

工房の温室は、ライアンは館の温室を使うし、管理ができない、と空っぽだった。せっかくだから、リンも苗をもらって裏庭で育ててみたい。

「わかった。手配を頼む。栽培予定地だが、領主直轄地に村を作り、トライフルたちに順に移住してもらう予定だ。詳細を」

こんどは難民受け入れ担当の文官が立ち上がった。

「はい、予定地はヴァルスミアの森沿いで、ここより東に半刻足らずです。三十年程前までは小村があったそうですが、当時の街道から遠く、穀物の栽培にもさほど向かず、廃村となったようです。予定地のそばにはハニーミント群生地があり、養蜂もこちらを考えています」

トライフルに発言のバトンが渡される。

「家の建設に合わせ、雪解け後、何段階かに分けて入植し、三か月で完了予定です。ヴァルスミアに工房を持つ細工師三名は、城壁内に居住を考えております」

それ以外にも、良質の羊毛を生産していた土地出身の牧畜経験者は、領内の山岳牧畜村に移住予定。針子、鍛冶、大工などの仕事がヴァルスミアで見つかりそうな者もいて、難民の一部の生活にも変化があるようだ。

「一同、心より感謝しております」

トライフルは深々と頭を下げた。

「短期間での手配、皆、ご苦労だった。……では、緊急案件に移る」

シムネルが、小さなカップにスプーンが入ったものを参加者に回していく。

「少しずつ手にとって、味わってみてくれ。リンの提案で造られた。ヴァルスミアの森で採れる新しい甘味料で、バーチの樹液を煮詰めたシロップだ」

甘味料と聞いて、すでに知っている数名を除き、全員の顔が驚きに固まった。

「まさか！」

「甘味料!?」

「バーチの樹液？」

シロップを舐《な》めた者から順に、驚きと歓喜の声があがる。

「おお、甘い！」

「蜂蜜ではないのか？」

「風味が違いますよ。でも、これが森で採れるなんて」

商業ギルドのトゥイルが、興奮気味に頭を振りながら言う。

「甘味料とは、これはまた……。砂糖はもちろん、蜂蜜の値も上がっております。これがどれだけの価値となるのか、予想もつきません。それがまさかこの領で採れるとは！」

現在の蜂蜜、砂糖の取引価格の話がでるが、リンには価格が大きくなると特にわかりにくい。

リンの基準は『金熊亭』ランチ、銅貨二枚、だ。

眉を寄せて、ランチ何回分かを考えているリンを見て、ブルダルーがわかりやすく助言をする。

「リン嬢ちゃま、蜂蜜は現在、水桶《みずおけ》一杯で、牛の小さいのが一頭じゃ」

「え、牛？　豚じゃなくて、牛？」

「豚なら大きいのが二頭かの。砂糖なら、もっとじゃ。一バーチの重さで牛一頭ぐらいじゃな」

水桶一杯、牛一頭。

水桶一杯、豚二頭。

リンの頭の中で、牛と豚がぐるぐると回った。

「リン、……リン！　採取と製造方法を簡単に教えてやってくれ」

リンが伝えると、皆が途端にオタオタとし始めた。

「え、今からですか？」

「たったの三週間ですか!?」

「水桶がヴァルスミアにいくつあるんだ……？　ええと、騎士の炊きだし用の鍋が、塔にあるか」

「いったい、どれだけの量がこの期間に採れるか。百分の一ということは……」

「人手が足りるのか？」

エクレールが立ち上がった。

「皆さま、落ち着いてください。……まず、人員はハンターズギルドで、すでに見積もっております。三月は動物も妊娠中で、狩猟禁止期間。ハンターも大市までが最も暇な時期で、近郊の農村にビール目当てに、ビール仕込みの手伝いに行くぐらいです。ハンターと、それからクグロフさんの方で、ブラシなどの製造にかかわってない方を、交代でだしていただくことになっています」

「エクレール、オグが不在の時に手配助かった。忙しい時期に予定外のことだが、うまくいけば利益は大きい。後は用具の確保だな」

文官たちが、必要になりそうな用具を書きだしている。

「あの、もっと前にお伝えできなくて、すみません。でも、シロップだけじゃなくて、お酒にもできますし、たぶん砂糖にもなるし、この期間にたくさん採取していただきたいです」

今度こそ、ライアンを含めて、リン以外の全員が完全に動きを止めた。

「……酒？」

「砂糖？」

静まり返った会議室に、長く息を吐く音が聞こえた。真っ先に息を吹き返したのはライアンだ。

「リン、相変わらず心臓に悪い発言ばかりだな」

「あ、失礼ですよ、ライアン。そんなに柔な心臓をしていませんよね？」

額を押さえたライアンが、とりあえず知っていることを話すように促す。

「まず、酒から」

「お酒は販売されているのを見ただけです。バーチ・ミードっていうのと、バーチワイン、バーチの蒸留酒が売っていました。蒸留酒はすっごく高かった記憶があります」

「蒸留酒か。確かに高く売れそうだな」

「ライアン様、シュージュリーからの難民リストに、すでに引退していましたが、蒸留酒造りが生業だった者がおりました。原料は穀物だったかと思いますが」

「北の酒は有名だったな。最近手に入りにくくなった。トライフル、その者からできれば近日中に話を聞きたい。ミードは蜂蜜の代わりと考えれば、できそうだ」

すべてを酒にされるのは困る。リンはミードが嫌いじゃないが、蒸留酒は強すぎて飲めない。

「あの、全部酒にしちゃわないでくださいね。シロップも楽しみですし、師匠に料理に使えないか試してほしいし、砂糖もやってみたいですから」

「そうだ。次、砂糖だ。価格の違いもあるが、シロップと違い、輸送時の重さも軽減される。さ、こちらも話してくれ」

誰もが真剣にリンを見つめている。砂糖の持つ破壊力は大きい。

「バーチの砂糖を見たことはないんです。でも、メイプルはシロップを煮詰めて、砂糖ができていました。同じように試したいので、酒ばかりは困ります。……うん、ハンターの人たちにこう言えばいいですよ。シロップを造るが、もし採取が増えれば酒も造れるかもしれないって。そしたらお酒の分ぐらい余分にがんばってくれますよ。ビールがほしくて、ビール造りに行っちゃうんでしょ？」

オグが大きなため息をついた。

「リン、そんなことを言ったら、街中大変なことになるぞ」

「でも、他の麦とか野菜が原料の砂糖は、私、作り方を知らないんです。バーチなら私でも作れそうだから、原料は確保したいです」

気づけば、室内が静まりかえり、ライアンが隣で頭を抱えている。

「あれ？」

「……頭が痛い。リン、その『他の原料』の話は、この後ゆっくり工房で聞こう」

それからすぐに、ヴァルスミアでは樹液を採り、甘い蒸気が濛々《もうもう》と立つ日々が続いた。

ちょっとした、水桶狂騒曲の始まりでもあった。


エクレールがハンターを集めた時、単なる採取仕事と思っていた者たちは、交代で村にビール造りに行こうと思っていたのだ。それが、こちらも酒になるかも、それも今まで飲んだことのない酒、と聞いた瞬間に俄然《がぜん》やる気を見せた。

それも三週間毎日の仕事だ。ちょっとした稼ぎになる。

シロップもまあ嬉《うれ》しい。それが高く売れて領の財政が潤い、おまけにシロップで『金熊亭』の肉料理のソースがおいしくなるのは歓迎だ。

でも、酒とは重要さのレベルが違う。酒は生活になくてはならないものだ。

この機会を逃す腕の悪いハンターが、このヴァルスミアにいるわけがない。

そんな勢いで森に入っていく猛者ばかりだった。

「今日は俺が『一番桶』を括《くく》り付けるぜ！」

「若造が何を言ってやがる。おい、俺は十も桶を見つけたぜ」

「お前、昨日どこの村まで行ったんだよ？」

「さあ、今日も酒造りだ！　へっ、俺にかなうわけないだろ」

リンはそんな勇ましい、桶取り付け班のハンターたちを、工房の前でライアンとオグと一緒に見送った。

「オグさん、酒造りじゃなくて、樹液採取ですよ？　それにそんなに酒にはしませんよ？　絶対ダメです」

両脇に立つライアンとオグを、交互に見上げながらリンは言い募る。

シュージュリーの情勢が悪くなってから、美味で有名だった蒸留酒が入ってこなくなった。

飲み仲間の二人が、できあがる蒸留酒を楽しみにして、どうせなら大きい蒸留の道具を注文するべきだ、と昨日もそんな話をしていたのを知っているのだ。

全く油断がならない。

二対一。ハンターも合わせると、数十対一だ。

「まあハンターのやる気がでているし、いいんじゃねえか。少しは造るだろ？　うそは言っちゃいねえ」

「蒸留酒はうまくいっても、きっと皆さんの口には入らないですよ。各国の王族への進物用になるだろうって、ライアン、言ってましたよね？」

「ミードぐらいは、ハンターでもなんとかなるだろう」

「それに、あれだと、またどこかの村から水桶が消えたんじゃないですか？」

「みたいだな」

初日はまだそこまでのことはなかった。

館や、城壁の塔、街から桶をかき集めてきて、森の塔前の水場に集めると、それだけでもかなりあった。どこの家にも、予備の桶の一つや二つあるものだ。

『金熊亭』には大市の頃に増える滞在客の足湯用にと、ちょうど水桶を十ばかりも新しく足して、出番を待っていた。それもすべて駆りだされた。

「だいぶホコリをかぶっているのもあるな」

「ええ、熱湯と塩でまずよく洗いましょう」

リンと手伝いの人間でゴシゴシと洗ったところで、ライアンが温風で乾燥させた。

「ええと、これはどこからでしたっけ」

「そっちの五つは北の塔だ」

「これはパン屋の予備だ、おい、そこ、混ぜずに置いといてくれよ」

桶が混じるとどこから借りてきたのかわからなくなる。それはそうだ。誰も桶に名前を書こうとは思わない。染色の職人からもらった、落ちにくいという染料で、オグが桶の裏にせっせと名前を書き込んでいった。

そうやって作業をしている時に、追加の染料を持ってきたエクレールが、ため息をついて言ったのだ。

「でも残念ね。この数だときっと足りないわね。あなたたちのがんばり次第で、おいしいお酒が増えると思っていたのだけれど」

ハンターたちが憧れるエクレールの、女神のお言葉だ。

これで大丈夫、たくさん増えるわよ。いい考えだったわね。と美しい笑顔で、こっそりとリンにささやき、エクレールはギルドの留守番に戻っていった。

どういうことだ？　とハンターに詰め寄られたオグを残して。

「四本のバーチの木に水桶を括り付ければ、三週間後に桶一杯分のシロップになりますよ」

百分の一の量のシロップになる、というのがうまく摑《つか》めていないハンターたちに、そう説明した。

桶一杯のシロップはどのぐらいの酒になるのかを諤々《がくがく》と言い合いながら、ハンターたちは奮起したのだ。


それからだ。街から水桶が消えたのは。

使っている水桶も、拝み倒して借りてくる。しばらくの間、周囲の家、数軒で一個の水桶を共有することになった。

毎日どんどん増える水桶に、まず何度も洗って、名前を書いてから、としつこく伝えた。

乾燥だけは、火と風の両方の加護持ちじゃないと温風がだせないので、工房に運びいれてもらって、ライアンとリンが担当した。

桶を洗ってふやけた手を眺めながら、大変なことになる、とオグが言った意味が身に染みてよくわかった。

樹液の勢いがあるようになって、一日三回、森を見て回る班ができた。

リンは最初に水桶を取り付けた木から樹液をもらう時に、持っていったカップで一杯汲《く》んで、腰に手を当て飲んでいた。

「よし。今日の一杯。これで、きっとデトックスにも、ウエスト周りにも効いているはず。……といいなあ」

「リンさん、その水桶、空けます。この木、すぐいっぱいになるから」

「ありがとう。ローロも飲む？」

「水があるからいいよ」

ローロは街に近い側の木の見回りと回収担当だ。

大人がどんどん森の奥に進むので、街のハンター見習いの小さい子たちと、近場でそりを押して回っている。

樹液採取には、すぐにそりが活躍することになった。大きな酒造り用の桶を農村から借りてきて、そりに載せ、そこに水桶の中身を移して、こぼさないように街まで戻る。

シロップ造りは、樹液の採取から煮詰めるまでを、流れ作業で一気にやらないとならない。

二日目には自然に発酵しているのか、樹液の味が悪くなってしまう。

森の塔前には火が四つもたかれ、野営用の大鍋に回収した樹液が入れられる。

ここにサラマンダー使いの精霊術師と、手伝いの女性陣が待機している。これがシロップ造り班だ。サラマンダーを使い、ボフッとすごい蒸気を打ち上げて、一気にオグがシロップにすると、手伝いの女性が小さな樽《たる》に詰めていく。これの繰り返しだ。


初日はモクモクと蒸気を立てて、手伝いの女性に教えながら煮詰めていたのだが、ハンターの気合いとともに桶が増え、すぐに鍋の数が間に合わなくなった。

「リン、こういう時のために、精霊術があり、精霊術師がいるのだ」

そういうわけで、オグとサラマンダーが現在大活躍中である。

サラマンダーが手伝うと、シロップの色が濃くならず、きれいな明るいアンバーに仕上がるということがわかって、サラマンダーを褒めまくっている。

他にも火使いの精霊術師が何人か手伝ってくれているが、ちょうどいい加減のシロップになるように、サラマンダーを使える者がなかなかいない。最後はオグが仕上げる。

祝詞《のりと》や術師の力が問題なのではない。単純に、シロップに仕上がる前に隙をついて鍋に飛び込もうとするサラマンダーを、素早く捕まえられるのがライアンとオグなのだ。

「これも精霊術師の腕といっていいのかどうか、悩むなあ」

鍋ができあがると、シロがてってってっと近づいてきて、座っているオグの膝にひょいっと乗った。

伸びあがって、オグの髭《ひげ》にじょりじょりと、気持ちよさそうに顔を擦《こす》り付《つ》ける。

シロップの催促だ。リンにはすりすりしてくれないのに。

「シロ、オグさんと仲がいいのは、シロップを造る人だから？　おかしくない？　私がシロップをあげてるのに」

シロは精霊と同じように甘いものが好きらしく、できあがりの香りを嗅いで催促にくる。

「おう、シロはオレが優しいやつだって、わかってんだ。人徳だな」

「シロにわかるんだったら、狼《おおかみ》徳？　それか、髭に蒸気で、甘い香りがついているとか？」

夜は毛布にも顔を擦り付けているから、毛布の代わりかもしれない。

「オレがボスだって知ってんだよ、なあ、シロ。……リン、他の材料の砂糖は、結局どうなったんだ？」

「国に情報をあげて、王都で検討するんだそうです。農作の土地の問題で」

麦芽糖とてんさい糖があるとは知っていても、作り方までは知らない。それに農地が少ないこの領では厳しいので、話を国に持っていくらしい。

「すでに食べるための麦でいっぱいだよなあ。まあ、シロップから砂糖ができて、よかったじゃねえか」

できあがったシロップをもらって、工房でライアンと試したのだ。

薄い琥珀色《こはくいろ》をした、シロップの風味が残る、滋味に溢れた砂糖になった。

「ええ、量が半分以下ぐらいになっちゃいますけど、保存や輸送もしやすくて売りやすいですね。風味が上品で、大満足です」

そこにローロたちの樹液回収班、第二陣が戻ってきた。

「ローロはまだ酒も飲めねえのに、がんばってるよなあ。皆勤賞だろ」

「甘いものを楽しみにしているかわいい子が、近くにいるんですよ。そりゃあ張り切りますよね」

リンがニンマリとした。

ダックワーズとノンヌの一人娘、タタンのことをローロは気にしている。

ローロの目標が、料理のできるハンターだってことは、ダックワーズにはとうぶん内緒だ。

家から持ってきた小皿数枚に、鍋に残ったシロップをスプーンで落として入れる。

一枚はシロ、一枚は精霊、それからそり引きの子供たち用だ。


皆が笑顔で舐めている。大人も子供も、領民も難民も。

桶をくっつけた木の数も順調に増えている。これで甘いものが食べやすくなるかもしれない。

「クレープに砂糖を振るでしょ、フレンチトーストにシロップをたっぷりかけて、クッキーは師匠に火加減を見てもらって」

リンは鍋を眺めながら、頭の中でスイーツを楽しむスケジュールを立てていた。

賢者と『水の浄化石』

三月も半ばを過ぎ、シロップの生産が終わりに近づいてきた。

白く冷たく感じた陽《ひ》の光も少し暖かみを増し、日陰以外では森の雪も消えた。

ここ数日バーチの芽もだいぶ膨らみ、日当たりのいい場所に生えるバーチは、芽吹き始めている。間もなく今年の樹液採取は終了となる。


ハンターたちの情熱と、水桶《みずおけ》なしの不便を耐えてくれた皆のおかげで、思っていた以上のシロップが生産されたようだ。すでに、来年はこうしよう、ああしよう、といった改良案もでている。

途中からライアン、オグ、火の精霊術師が日々交代で、シロップ担当になっていた。

サラマンダーは、後でシロップをあげるから飛び込まないで、と、リンがこっそりお願いすると、一日大人しくしていたようだ。残念ながら、次の朝にはまた飛び込もうとするので、リンの毎日の仕事が、ささやきかけ、だった。


館の文官、マドレーヌ、トゥイルらの会議参加者は、自分でも経験したいと、同僚を誘って休みの日に樹液採取の手伝いに来ていた。トゥイルなどはできあがった量を見て、これでやっと蜂蜜の値も安定する、と感激のあまり涙ぐんでいたほどだ。

この分なら、ミードや蒸留酒を試せるぐらいの分はあるだろう。酒の分はないと言ったら、暴動が起きる。確実に。

今夜は満月だ。

うまい具合に今のところは厚い雲もなく、このまま空が保《も》ってくれるといい。二月の満月は吹雪に当たってしまい、『水の浄化石』は作れなかった。来月から秋までは月の光が湧き水に落ちてくれないため、今夜は今期最後のチャンスになる。

聖域での『浄化石』作成を習うため、初めてリンも参加できることになった。

ライアンに今夜の確認に行くと、シムネルが笑いをこらえたような顔をしていた。

「どうしたんですか？」

「いや、いつも通りといえば、いつも通りの話だが」

ライアンの回答では、全くわからない。

「なにがです？」

「確認したところ、シロップの数がおかしいのです」

シロップは保管用の樽《たる》がいっぱいになるまで、一時的に、ここと森の塔の貯蔵庫に分けて保管されている。

その後、ある程度樽が貯《た》まってきたら、荷馬車で館に運び込んでいたのだが、特に問題があったとも思えない。

「盗まれたりは、していませんよね？」

「どのぐらいの水桶が最終的に使用されたかわからぬが、街と近隣の村の分を合わせても、今年のシロップは多くて百五十桶ほどのできになるだろう、と見積もっていた」

近隣の人口と戸数の把握はしていても、さすがに水桶の個数を調べた記録はない。水桶に税はかからないからだ。

「まもなく採集も終わりますので、館、工房、森の塔の在庫確認を行いましたところ、樽の数を見ても、二百桶を超えるシロップがあるのではないかと」

見積もりより多く生産できて、何が問題なのかわからない。

むしろ突然の話に、初年度でそれだけの生産ができたのなら、喜ぶところではないだろうか。

「たくさんできたのなら、よかったのではないですか？」

「それにしても多いのだ。シムネルがシロップに水分が多いのかと、表にいるオグにも数の件を伝えて確認したが、オグが最終確認をしているし、そのようなことはないと」

「そうですね。問題はなかったですよ？」

「樹液の回収を担当したエストーラ出身の者が、ここのバーチは樹液の勢いが良いから、と言ったそうだ」

難民の中には、大人も子供も、樹液の味を知っている者がいた。

ここは水がきれいで豊富だから樹液は飲まないが、井戸の水質が良くない場所では、この時期森に入って、樹液を水代わりにすることもあったという。

「普通なら一日一桶か、多くても二桶のところを、四桶になる木もあったそうだ」

「ああ、ローロが、この木はすぐいっぱいにたまるって言ってましたね。よく見回っていました。酒に目がくらんだハンターの気合いはすごかったですからね。バーチがそれに応えてがんばったんですね、きっと」

リンがうんうん、とうなずいたのを見て、シムネルがとうとう噴きだした。

ライアンも笑いをこらえたようで、横を向くと肩を震わせた。

「……まあ、バーチもリンに甘かったということだな」

「え？　私？」

「それ以外ないだろう？　まったく森はリンに甘すぎる」

ライアンが呆《あき》れたように言う。

「えええ」

「それでだ、リン。最後は皆、桶の回収に向かうだろう？　その時に、一本一本とは言わないまでも、ちょっと奥まで入ってバーチの厚意にお礼を言ってきてくれないか」

「お礼ですか？　いいですよ。オグさんたちと確認に回る予定ですし。穴を、木と樹脂で埋めてしっかり塞がないと」

「頼む。……リン、今夜は真夜中近くに聖域へ向かうことになるが、大丈夫か」

「はい。今から準備をしておきます」

リンの準備は決まっていた。

ひょいと厨房《ちゅうぼう》を覗《のぞ》くと、ブルダルーがちょうど籠から何やら取りだしているところだった。

「師匠、ちょっと厨房を貸してください。買い物でしたか？」

「いや、ほれ、ダックワーズの弟が昨日到着したじゃろ。いろいろ土産に持ってきてくれたんじゃよ」

「ああ、確か、面会予定が入っている、とライアンが言ってました。明後日だったかな」

籠にはレモン、オリーブの実、オイル漬けのハーブに、乾燥ハーブが数種類。陶器の瓶もいくつかある。

「これはマスタードなんじゃが、これにもいろんな薬草を混ぜ込んであるらしい。今夜は鶏肉《とりにく》にしようと思っての。ヴァルスミア・シロップに、ビネガーとマスタードでソースにしたら、おいしそうじゃろ？」

リンたちが造ったバーチ・シロップは、ヴァルスミア・シロップという名前で呼ばれることになっていた。

「いつもの蜂蜜の代わりにシロップですね。おいしそう」

「蜂蜜も花によって全く違うが、シロップはまた一味違うのう。甘いのにさらりとして、それにあの香りがなんとも言えんな。リン嬢ちゃま、良いものを造りなさった」

「蜂蜜もそうですけど、森の、自然の恵みですよね。ライアンがついさっき、バーチががんばったって、言っていました。本当にそう」

ブルダルーも、ダックワーズも、館の厨房でも、シロップを使って様々なレシピを試している。

大市に来る各領、各国の人間に、砂糖とシロップを売り込むには味わってもらうのが一番だ。

館では晩餐会《ばんさんかい》も開かれるらしく、ブルダルーも館と工房を行ったり来たりして、試作とメニュー決めに忙しい。

「おお、そうだ。ダックワーズの弟は、ラベンダーを持ってきていると言っておりましたぞ」

「やった！　師匠、ちょっと、私、行ってきます」

さっと身を翻していこうとするリンを、ブルダルーが慌てて引き留めた。

「待て待て、どうせすぐに会えるのじゃろう？　嬢ちゃま、厨房を使うんではなかったかの？」

「そうでした。今夜は無事晴れそうなので、聖域に持っていけるような甘いおやつを作ろうかな、と」

リンも、ブルダルーに負けじと、心の中で決めたスイーツスケジュール通りにせっせとシロップと砂糖を試して、心ゆくまで楽しんでいた。

リンの場合はレシピのテストというよりは、単に食べたかっただけだ。

「ふむ。またシロップを使われるんかの？　見学をしてもいいかね？」

「もちろんです、師匠。というより、窯の温度調整、手伝ってください……」

まだまだ窯に慣れていないリンには、ブルダルーが頼りだった。

「今日のはフレンチトーストなんかと違って、窯で焼いて固めるお菓子で、冷ましてから食べるんですよ」

鍋にバターを溶かし、ヴァルスミア・シュガーにシロップを混ぜ合わせ、そこに潰したオーツ麦を加えた。クルミを刻んで入れ、乾燥ぶどうと、薬草茶の時に買い込んだベリーの残りも放り込んで、混ぜ合わせる。

「えーと、あと塩を一つまみ、だっけ」

「リン嬢ちゃま、パンを焼く位の温度でいいのかね？」

「お願いします」

鉄のフライパンに薄く生地を広げて入れて、窯にそのまま入れる。三十分ぐらい焼けばできあがりだ。

混ぜて焼くだけという簡単さで、覚えていたレシピだ。

「ふむ。腹持ちの良さそうな菓子じゃの？」

「友達がフラップ・ジャックって呼んでいたお菓子です。お昼にかじっていたりしましたよ。冷めたら切り分けますから、味見してくださいね」

甘味《かんみ》をふんだんに使えるのは、なんという贅沢《ぜいたく》だろう。

リンは心の中で、バーチに盛大な感謝をささげた。

三月の満月は、真夜中の頃に数時間だけ、聖域の湧き水に月の光が届くらしい。

深夜近くになり、儀式用のマントを羽織ったライアンと聖域に向かった。

「リン、今夜は聖域で、美しいものが見られるぞ」

聖域に踏み込んですぐに、何のことかわかった。

「うわあ、これ、フォレスト・アネモネですよね？」

「ああ、これが君の花だ」

五枚の花弁の白い花が、一面に絨毯《じゅうたん》のように広がっている。大地に白さが加わって、聖域の明るさが増すようにも見えた。

ライアンも目を細めて見ている。

「月の光でこんなに青白く、光って見えるとは思ってもいませんでした。外ではここまで広がってもいなかったんですよ」

「ああ。精霊が夜空の星のようだ、と喜ぶのがわかるだろう？　人が多く入る場所には少ないな。森の奥に入れば大きな群生地が増えてくる。聖域も踏み荒らされないから、数が多い」

それからライアンは、数本のフォレスト・アネモネをリンに摘ませると、フォルト石とギィの枝とともに湧き水に沈めた。

「『水の浄化石』の儀式だが、祝詞《のりと》が長い。まずは見ていてくれ」

ライアンの口から、美しく詩的な祝詞が紡がれ始めた。

「夜の闇に天の女神の光遍《あまね》くいきわたり、そのお力を示されんことを。水の精オンディーヌよ　浄化の光を心に取り入れ、清冽《せいれつ》な水の加護をもたらされんことを。アウレア　クラルス　テネブラエ……」

途端に水面にさざ波が立ち、水の中のフォレスト・アネモネがクルクルと踊り始めた。白くキラキラとした光が、湧き水から溢《あふ》れるように、辺りに満ちる。

「うわあ、すごい。きれい」

聖域に広がった光が、すっと水の中に引き込まれた。

覗き込めば、『水の石』のような精霊石がすでにできている。

できあがった『水の浄化石』は、ライアンにもらった四つの加護が入った『浄化石』のように、内側から光を放つようだった。リンのブレスレットと違うのは、『水の浄化石』には青白い光だけがほのめいている。

「なんで水の祝詞だけ、お祈りみたいな長い言葉が前にくっついてるんですか？　他のは古語だけで、もっとシンプルなのに」

「知らぬ。昔の賢者が造った祝詞、そのままだ。アルドラに教わらなかったか？　オンディーヌに恋した賢者がいたと」

確かに聞いた。でも、『浄化石』の話は覚えていない。

「え、同じ賢者？　それは聞きましたよ。オンディーヌに恋焦がれて、山のようにオンディーヌの像を彫ったから、王都の川沿いには今もあちこちにその像が飾ってあるって。それしか聞いてませんけど」

「まあ、なんだ。祈りのような祝詞を考える、ロマンチストな賢者だったのだろう。優秀だったらしいが。さて、リン、君の番だが。神々しい石はどうするか。大市でいくつか商談があるが、さすがに取引できぬサイズだ」

「……まあ、ですよね」

リンは肩をすくめた。リンの場合、デフォルト設定で神々しい石ができあがる。でも、きちんとお願いすれば、小さいものだって作れるのだ。

再度フォルト石を沈め、最初はライアンの後に付いて祝詞を唱える。

この祝詞は耳に美しいけれど、実際に口にするのは、詩情たっぷりでなかなか恥ずかしいものがある。

ちらっとライアンを見ても、普段と変わらぬ顔で、淡々と祝詞を詠じているだけだ。

リンがオンディーヌにお願いをして大小様々なサイズの『浄化石』を作っている間、待っているライアンに、油紙に包んだフラップ・ジャックを差しだした。

「ヴァルスミア・シュガーとシロップ入りです。酸味のあるベリーを多めにして甘すぎない感じに仕上げたので、ライアンでもきっと大丈夫ですよ。先に休憩をどうぞ」

祝詞が終わり、リンも一つ取りだし、口を開けた。

「リン、この頃シロップでいろいろ作っているだろう？　つい最近ウエストや腰がどうとか、悩みを聞いたような気がしたが」

リンがピタリと止まった。

「……ライアン、せめて一口食べた後に言ってくださいよ」

「変わらないだろう？」

「変わりますよ、私の罪悪感が！」

砂糖ができ、今までたくさん使わないようにしていた反動からか、確かに最近スイーツを食べることが多くなっている。

「大丈夫です。バーチ・ウォーターも毎日飲んだし。……たぶん」

リンの声はだんだんと小さくなり、ライアンからも目をそらす。

ライアンがリンの腰の辺りに視線を向けた。

「……リンはもとより痩《や》せているぐらいだったし、そのぐらいでちょうど良いと思うのだが」

「ライアン、腰の辺りを見ないでくださいよ。私、お尻の上にお肉が付きやすいんですから。あ、ちょっと、だから見ないでくださいってば！　もう」

慌ててライアンの顔の前で、手を振るが、その手をひょいと摑《つか》まれて遮られる。

「なにも問題はないぞ。せっかく作ったのだから、おいしく食べれば良い。このベリーとシロップの風味はとても合うな」

「もう。……そうします」

のどがつまる気がするのは、口いっぱいに頰張《ほおば》ったせいであって、後ろめたさのせいではないはずだ。

さんざん食べた後だし、何を言ってももう後の祭りだ。

今日はさらに、館の晩餐会用に、ブルダルーと二人で春のデザートを作って試食会をする予定が入った。そんな魅力的な誘いに、誰がノーと言えるだろう。

サラダにぴったりな葉野菜の芽が伸びてきたようだし、肉料理を減らしてサラダボウルにすれば――。

カモミールの植え付けと一緒に、裏庭の一部を野菜畑にするべきか。

雪も解けたし、せめてこれからせっせと森の中を歩こうと、リンは心に決めた。

満月は、まもなく高度が低くなる。

祝詞を紡ぐ恥ずかしさが薄れるぐらい繰り返し、十分な数の『浄化石』ができあがった頃には、ライアンは両手で摑むぐらいのフォレスト・アネモネの束を持っていた。

「三月はここに咲いた花をそのまま使えるが、それ以外の月はない。今摘んで、また秋からの儀式で使えるように保存しておくのだ」

摘んだすべての花を、湧き水にきちんと沈めた。

「オンディーヌ。ニジ　フロールム　プルクリトゥディネ　クムラントゥル　ティトリス　クムラントゥラ　ティトテア」

今度はさざめきも、光も、何もでずに終わった。

リンは水の中から取りだした花の束を動かし、いろんな角度から見てみた。

「えーと、何も変わっていないように見えますけど」

「ああ、変わっていない。このままの状態で、花が来年まで保たれる」

リンが固まった。

「……プリザーブドフラワーができたってことですか？」

「何と言うのかは知らぬ。この花はこのまま、工房に放っておいても、枯れも、萎《しお》れもせぬ。水もいらぬ。摘んだ時の瑞々《みずみず》しい姿のままだ」

枯れも、萎れもしない水？

さっきフラップ・ジャックをのどに流し込んだ湧き水を、リンはまじまじと見下ろした。

「それって、もしかしてこの湧き水、えーと、不老不死の水ってことですか？」

「そんな怪しげなモノであるわけがなかろう？　アルドラの顔にも、シワがあったではないか」

リンは眉を寄せた。

「……ライアン、それ、とってもダメな発言です。エクレールさんにすっごく怒られますよ。女性のシワに触れてはダメです」

「……アルドラだぞ」

「女性です」

にらみ上げるリンに、ライアンが降参の両手を挙げた。

「わかった。以後、十分気を付ける。……オンディーヌが、その花をそのまま残したいからやっているだけで、他のものが同じように朽ちないわけではない」

「ライアン、試したんですか？」

「私ではない。大昔だ。賢者の聖域研究が盛んだった時期があるらしい。精霊術師ギルドの図書室に記録があった。結局は、聖域の神秘の水である、で終わっていたが」

朽ちない、美しさを保つことができる水。それは研究したくなるだろう。

考えることは、どうやら皆一緒らしい。

「まあ、確かに不思議な水ですよね」

「水は清浄ではあるが、普通だぞ。単に精霊の気まぐれで、枯れない花ができたのだ。『水の浄化石』と同じように、始まりは偶然だ。繰り返せるように、祝詞が考えられたんだろう」

「浄化の祝詞と、同じ賢者ですよね？　こっちはシンプルな祝詞なんですね」

「いや。もともとの祝詞にはいろいろくっついていたぞ。オンディーヌを永遠の美しさを持つ花に例えるような、聞くのも恥ずかしい抒情的《じょじょうてき》な祝詞だった。口になどとてもできぬ。全部を取り払ったが」

そう。まるでどこかの領主が、その妻にささやいているかのような祝詞だった。

「あれ、残念ですね。ライアンがそれを言うのを、ぜひ聞いてみたかったですね」

ライアンがさらりと口にした『水の浄化石』の祝詞だって、リンにしたら十分恥ずかしいものだったのだ。

オンディーヌに恋焦がれた賢者の言葉だ。どれほどの思いが込められているのか。

「悪趣味だ。聞きたければアルドラに頼むといい。私に教える時も、人の悪い笑みを浮かべて教えてくれたぞ。……リン、花をしっかりと持っていないから、盗まれているぞ」

指で示されて下を見ると、数輪のフォレスト・アネモネが、ふよふよと地面を歩いていく。

「あれ？」

「精霊が好む花だと言っただろう？」

ライアンは花束をリンの手から受け取り、二つに分けた。

「半分は君の部屋にでも飾っておけばいい。君の花だ」

リンが初めて男性からもらった花束だった。

新しい村

バーチの芽吹きの勢いは、話に聞いていた通りだった。

そろそろ樹液採取も終わりかと思った後、二日のうちにほとんどの木が一斉に芽吹き、柔らかい緑に色づいた梢《こずえ》が空を覆っていた。

水桶《みずおけ》を括《くく》り付けたハンターたちは、大慌てで桶を回収し、穴をふさいで回る。

「グノーム、頼む。探してくれ。インヴェニエート！　オブセクロ」

少しでも樹液が流れ続けていると大変だ。

オグと数名の土の精霊術師が森に入り、グノームの力を借りて探しながら、一本一本に漏れがないか確認をしていく。

「どうもありがとうございました。来年も甘い蜜をよろしくお願いします。おいしくいただきました」

リンもその確認に一緒に行き、ライアンに約束した通り、バーチに頭を下げて回った。

「来年はしっかり準備すれば、さらに収穫が見込めそうだよな」

オグは森のさらに奥まで続く、立派なバーチの木を見やった。

「水桶が揃《そろ》えば、なんとでもなりまさあ。良いやり方も今年でわかりやしたから」

オグもハンターたちもやり遂げた達成感と、来年の見込みに嬉《うれ》しそうだ。

「リン、そろそろ行くみたいだぞ」

家で昼食後のお茶をゆっくり楽しんでいるところに、オグが声をかけた。

ライアンの都合がつき、午後から視察にでるという。

行先は、難民の一部がすでに移住第一陣となって向かった、薬草栽培予定地だ。

「今、行きます」

早朝から森を歩き回り、足がパンパンだ。お風呂に塩でも入れてもみほぐそうと思いながら立ち上がった。


アルドラの塔の脇から森の縁《へり》に沿って東に歩く。

西の門から外にでた時の街道とは違い、大して広くもない道が続いている。最近人が通り、草花が踏みしめられてできたような道だ。

森の木は黄緑色の帽子をかぶり、道沿いには黄色や青い小花がところどころ群れて咲いている。

小川のせせらぎに、ピーユピーユと鳴く鳥の声が聞こえてくる。

雪のない、色のある春の景色を楽しみながら歩き始め、すぐにきつくなった。

森の木々を一本一本確かめながら歩いていた時と違って、二人の歩くペースが速すぎる。

先を歩くオグとライアンが振り返った。

「リン、ちっと遅えよ」

「そのペースで歩くと、日が暮れるまでに帰ってこれぬぞ」

「身長差がありすぎるんです」

「それだけではない気がするが」

三十センチ以上は背の高さが違うのだから、当然一歩の間隔が違う。

二人が若干ペースを落としてくれ、リンはそれに必死についていく。

こちらの人間の「半刻もかかりません」は、リンにとっての一刻は優にかかる距離だとわかった。


入植地に着くと、すでに数軒の平屋が建ち並んでいる。今も建設中のものがいく棟もあり、すっきりとした木の香りがしている。

トライフルが出迎えてくれた。

「これは皆さま、ようこそお越しくださいました」

「問題はないか？」

「順調でございます。水場も再整備で使えるようになりましたので、早く移動が可能になりました」

もともと廃村だった村の跡地の再利用だ。残っていた水場や家の土台などを、うまく利用して建設を早めているらしい。

「最初に移動したのは、農民の家族連ればかりで、今、農地の準備をしております。ご案内します」

かなり広い土地だ。十名近くの者が広がって作業している。

「リン、ここが薬草畑となる」

土地を耕す者、農地を並んで歩きながら、抱えた木箱から何かをまいている者もいる。子供も小さい石を拾って、外に投げだしている。

「あれは何の種をまいているんですか？　カモミールは苗で下ろすんですすよね？」

「種まきはあと数週間先になります。あれは土に灰を混ぜ入れて、準備をしているのですよ」

「あれがユール・ログの灰だ。あのようにして今年の豊作を祈る」

「エストーラでも同じようにしておりました。冬の間に灰を集めておくのです。実際に野菜は甘くなり、よく実ります」

そのままハニーミントの群生地がある、森に沿って流れる小川の方へ案内される。

「昨日は薬事ギルドの方が、土の精霊術師様と来てくださいました。大きい石の移動や、土地の掘り起こしをしてくださり、大変助かりました。放棄地でしたから、鍬《くわ》が深く通らず、時間がかかっていると報告しましたら、すぐに対応してくださいまして。……ここです。川に沿ってかなり先までがミントの帯になるそうです」

小川の向こう岸から森までの土地が、一面ハニーミントに覆われるという。

「これなら確かに畑は要りませんね」

「エクレールがハンターを連れて、見にきていたろ？　蜂の巣箱の設置場所を検討していたぞ」

トライフルがうなずいた。

「水場があり、採集する森からも、領都からも近いので、移住先としてこれほど良い条件のところはまずありません」

「穀物のできはあまり良くないと聞いているが、大丈夫だろうか」

「北と比べてもそこまで酷《ひど》くはございません。薬草の栽培には問題ないそうですし、街が近いので、さほど暮らしに不自由はないでしょう。家の建設を急いでいますが、その後は薬草加工の作業場を建てる予定となっております」

全員の引っ越しが完了するまで、トライフルは西門の外と村を、行ったり来たりとなるようだ。

大市も始まりますし、しばらくは皆忙しくなります、と言うトライフルは嬉しそうな笑顔を見せた。


「ライアン様、リン様、厚かましいお願いですが、この村の名前を付けてはいただけないでしょうか」

トライフルが姿勢を正し、すっと頭を下げた。

「エストーラに縁《ゆかり》の名前にするのではないのか?」

「いえ、シュージュリーの者もおりますし、ここはフォルテリアスですから。どうか良い名前をいただければ」

二人で考え込む。

「石鹼《せっけん》……サヴォンに、薬草……ハーブ、とか?」

ライアンが横でぶつぶつとこぼしているリンに視線を落とした。

「リンに名前を考えさせるのは、どうも悪手のような気がするが」

失礼だ。

「サヴォンやハーブのどこが悪いのですか！」

「白いからシロだの、官能のラブ&パッションだの、いつもどこかおかしいだろう？」

「官能のラブ&パッションは、言った覚えがないですけど！」

あれ、言ったかも？　ブレンドのできに舞い上がったテンションの時だから、リンもよく覚えていなかった。


「……スペステラ、ではどうだろうか」

リンの抗議を無視して考え込んでいた、ライアンが言った。

「スペステラ、でございますか？」

「ああ。古語で『希望の地』という意味がある。新しく造られる土地には良いとは思うが」

「なんで古語なんですか？」

「ヴァルスミアも古語だぞ。『森の海』という意味がある。……リン、さてはあの古語のリストを、まだ半分も読んでいないな？　ヴァルスミアは最初の方にあるぞ」

意味を聞けば、確かに新生活を始めるトライフルたちに贈るのに、ぴったりの名前だと思う。

サヴォンやハーブより全然いい。

しかし思わぬところで、古語をさぼっていたことがバレてしまった。

サントレナのレモン

リンは早朝から多忙だった。

森に入り、最後の水桶《みずおけ》の取り外しを確認した。

工房の温室でカモミールの苗の様子を見て、スペステラ村でやっていたように、裏庭の半分を耕して灰をまいた。

途中で蜜蜂班のハンターたちが巣箱を見せにきて、一緒に蜜蠟《みつろう》を塗ってみた。

「おかしいな。忙しい。こういうのをスローライフって言うんじゃないのかな。全然スローじゃなくて、ビジーだけど」

スローライフは、スローに進む分、それを実際にやる人は忙しいらしい。

工房の脇の水場で水を汲《く》みながら呟《つぶや》いていたら、ライアンに聞かれた。

「自分で動いてすべてをやろうとするからだ。精霊をうまく使うといい。グノームを走らせ、オンディーヌが水をまき、シルフが灰を運ぶだろう。その間に自分にしかできないことをやるのだ。祝詞《のりと》の練習も必要だろう？」

午後からは一階の応接室で、ダックワーズの弟と非公式会合である。

これは精霊を使えない仕事だ。

ダックワーズの母国、サントレナは、この国から南東に位置している。

大市にはサントレナからも毎年、商団と担当文官がやってくる。そちらとは、大市が始まってから公式の商談が待っているらしい。

今日は主に、薬草の栽培について確認するので、ダックワーズ、サントレナから来訪したその弟、ブルダルー、薬事ギルドのマドレーヌ、ライアン、リンが集まることになった。


ダックワーズは男ばかりの五人兄弟で、ダックワーズは上から二番目。今回ここに来たポセッティは、歳《とし》の離れた一番下の弟だ。

二人の印象はとても違う。ダックワーズが大きながっしりとした木なら、ポセッティは柔らかくしなる木だ。明るいブラウンの目の色だけが、兄弟で同じ印象を与える。

「栽培とのことで、苗をお持ちしたのですが、ご依頼のあったラベンダーは花も持って参りました」

どんっと、大袋が床に下ろされた。思っていたよりも量が多い。

袋を開けると、ラベンダー独特の甘く、爽やかな香りが、一気に部屋に広がる。

その途端にマドレーヌなどは、まあ、と声を上げた。

「できるだけたくさん売ってほしいです。大市での販売に差支えない範囲で」

「あの、これは大市では売らないんです。持ってきておいて大変申し訳ないのですが、去年の収穫の最後の在庫なので」

摘みたての最高品質ではないかもしれないが、香りもまだ十分良く、これで良かったら使ってくれ、と、もらえることになった。

「ありがとうございます。あ、そうだ、シロ！　ちょっと来て」

リンはシロを呼び寄せ、袋に鼻を突っ込ませた。

「ね、シロ。これは大丈夫かな？」

ライアンの呆《あき》れたという視線、皆の不思議そうな顔が若干痛いが、大事なことだ。くしゃみはでない。

シロの鼻チェックも合格して、これなら石鹸《せっけん》やクリームにして、リンも使える。


「苗の方は、こちらになります」

栽培テスト用に、ローズマリーとラベンダーの株と、セージの種を持ち込んでくれた。

「いつ頃畑に移すのがいいのかしら？」

「ここはサントレナよりひと月は季節が戻ったような気候です。もう少し後の方がいいと思います。ただ、鉢に植えて、冬を室内で越すようならいいのですが、こちらの畑で大量に育てるのは、難しいのではと思います。株の大きさにも影響がでるのではないでしょうか」

「やはりそうですか」

マドレーヌも、薬草の資料を見てわかっていたとはいえ、残念そうだ。

「オリーブやマロウも同じになるかのう」

「どちらも冬は厳しいかと思います。マロウは根だけで冬越ししますが、ここは大地も凍ると聞いております ので」

「ここでどのように育つか、試すしかないだろうな。ポセッティ、感謝する」

「いえ、とんでもございません。あと、こちらは家の畑で採れたものなのですが、どうぞお納めください」


大きな籠の中には、ゴツゴツとしたレモンが入っていた。

「これは見事なレモンだな」

「師匠に見せていただいた時も驚いたんですけど、こんなに大きいのは見たことありません」

「うちの村は、このレモンが有名なんです。まだ収穫の始めなのでこのサイズですが、夏前には、大きいのだと子供の頭ぐらいにもなります」

「レモンも育てているんですね」

ポセッティが、驚いたようにダックワーズを見た。

「もしかして、兄さん、皆さんにお伝えしていないのかい？　……口下手にもほどがあるよ。うちの家業はレモンの栽培なんです。村の主要産業です」

海辺にある村全体が崖のような山に位置していて、レモン畑が海に向かって、断崖に貼りつくように並んでいるという。海側から見ると、最盛期には山が黄色く見えるらしい。青い海にレモンの黄色は、きっと映えることだろう。

薬草は母方の親戚が栽培しているが、レモン栽培の方が家業だと聞き、確かにダックワーズは口下手だと思った。

「じゃあ、今回の大市もレモンを持ってきたんですか？」

「はい。生のレモンに、レモン加工品が中心になります。村のレモンは収穫期が長くて、春も秋も持ってこられます。薬草はほとんどが秋になりますが」

リンは籠に山盛りのレモンを一つ手に取って、香りを嗅いだ。

「ぜひお試しください。村のレモンは特徴があって、酸っぱいだけではないのです。皮が厚くて、この皮に甘味《あまみ》があるのです」

ブルダルーもレモンの皮をこすり、香りを嗅ぎながら質問する。

「村ではどのように使っておるのかのう？」

「何にでも使うと言ったら、答えになりませんよねえ」

ポセッティは笑いながら続ける。

「えーと、例えばこの皮をそのままサラダにします。皮をすりおろしてパンに入れて、肉や魚にもかけます。果汁を塩の代わりに使ったり、一年中使っているのです」

「それは確かに何にでも、じゃな」

「村では、レモンを食べていると医者がいらない、と言われているのです。村のレモンを運ぶ船の船員は元気だと言われて、最近は他の船にも積み込まれるようになりました」

リンの頭の中に、食べたいレモンのデザートが浮かんだ。

メレンゲのレモンタルトに、レモンチーズケーキに、ムース。泡立てがうまくできれば、自分でも作れるかもしれない。アイスは作れそうもないけど、バニラアイスにリモンチェッロをかけるのも、夏には大好きだった。

「レモン加工品に、お酒も入っていますか？」

「いえ、酒は作っておりませんね。塩漬けに、蜜漬け。あと、油に漬け込んだ調味油はございますが」

「ああ、それもおいしそうですね」

「リン、酒をどうやって造るのだ」

それまで静かに聞いていたライアンが、酒という言葉に反応した。

「ライアンにはヴァルスミア・シロップのお酒があるではないですか」

「レモンの酒とはまた違うものだろう？　これも蒸留か？」

「内緒ですよ。これは私のデザートになる予定のレモンですから」

これ以上デザートの分を、お酒に取られてはたまらない。

ライアンが眉を上げた。

「籠いっぱいのレモンは、さすがに多すぎるだろう？」

「蜂蜜を入れるお酒なので、ライアンには甘すぎると思いますよ」

「あの、もしレモンの酒ができるなら、私も試してみたいです」

「甘い酒なら、デザートにいいのではないかの？」

そこにポセッティとブルダルーの応援が入った。

三対一だ。

「……材料に、できるだけ強い蒸留酒が必要です」

「塔にはもう樽《たる》半分ぐらいしか残っていないが、館に行けば父上と兄上の秘蔵がある」

「樽半分もいりませんよ！　そこの水差し分ぐらいあれば十分です。その量でレモンを十個ぐらい使うんですよ？」

「水差しでは少なすぎるのではないか？　できあがったら皆で味をみるのだ」

「あの、兄の一人が、まもなくサントレナの商団と一緒にレモンを持ってきますので、もし必要なら」

「……じゃあ、水差し二つ分で」

レモンは十分ある。蜂蜜の代わりに、ヴァルスミア・シロップでやってみようか。

造るのには問題がないけれど——。

「ライアン、お酒を造ってもいいですけど、私、デザートも作りたいです」

「作れば良いだろう？」

「シルフの攪拌《かくはん》の祝詞、教えてください」

「あれは君の課題だろう？」

泡立てが簡単にできるように、シルフの力を借りる祝詞を知りたい。

ライアンに聞いたら、自分で祝詞を作るという課題になってしまったのだ。

今のところ三連敗中である。

ムースやメレンゲの泡立てが、小枝を束ねたのでうまくいくとは思えない。

「成功していないんです。一つ目はグルグルと回るだけでした。二つ目は右に回って、左に回ってと交互に回りました。洗濯にはぴったりの祝詞です。三つめは、もっと早く、風をはらむようにと指示したら、天井までクリームが飛び散りました」

ライアンが額を押さえる。

「どの言葉を選べばそうなるのだ」

「ホント不思議ですよねえ。泡立ての祝詞があれば、デザート試食会にレモンも使えそうですし、お酒を造る交換条件です」

ブルダルーはこの領で採れる食材を使うだろうから、リンは茶葉を使用した変わったデザートにするつもりだった。

ライアンがふっと息を吐いた。

「しかたない。交渉成立だ」

リンの勝ちだ。

「あ、お酒ができあがるのにひと月はかかりますけど、ポセッティさんは、大市の期間、ずっとこちらにいらっしゃいますか？」

「ええ。兄のところに滞在できますから。あと、こちらでしばらくは薬草の畑を手伝う予定なんです。上の兄三人でレモン農園は大丈夫です。自分はレモンを運ぶ船乗りか、商人になろうと思っていましたから」

自由に動けるんです、と、ポセッティは爽やかに笑った。

シルフ飛伝

フィニステラでの茶の件について、アルドラからシルフが来ると聞いていたリンは、指定の時刻にライアンの執務室に向かった。

『シルフ飛伝』と呼ばれるその精霊術は、風の術師がシルフに頼んで声を届けるものだ。リンは部屋と執務室に分かれて、送受信の練習をしたきりである。

『レコダレントゥラ　ヴェルバ』で言葉を風に乗せ、『ミジット　オブセクロ　ヴェルバ　ライアン』で、ライアンに飛んでいった。

受信する時は、送信してきた相手の声が、耳元で自分の名前をささやくのが聞こえたら、『風の加護石』を触って受信の祝詞《のりと》を言えばいい。リピート機能はないから、今から飛ばしてもいいかと事前予告をして、相手に準備をさせてから飛ばすのだという。

他のライアンという名前の人に届いたりしないのか尋ねたら、全く知らない人物には送れないらしく、シルフがそこは聞き分けるという。サラマンダーならどうなるかわからないが、とボソリと呟《つぶや》いた言葉もしっかりと聞こえた。

執務室に入ると、同じく呼ばれたらしいオグがすでに来ていた。

机の上には、真っ白な彫像が置かれている。背中に羽がある天の使いか女神のような美しい像だ。

「リン、今から見ることを他言してはならぬ。この像は『風伝のシルフ像』といって、風の加護を持たぬ者に、シルフ飛伝が使えるようにする精霊道具だ。国の防衛上、重要拠点となる領には必ず王の側近が入っている。そういった領に配られ、通常は領主のみが登録して使用する。アルドラからの連絡があると言って、父上より借りてきた」

これがシルフをイメージした像ということだろうか。

シルフが片手を耳元にあてるようにしているが、その手にはかなり大きな緑色の貴石がある。恐らく風の精霊石で、像の指の間から複雑な魔法陣が刻まれているのが見える。

どこかの美術館に飾ってありそうな優美な像で、これならただの置物に見えるだろう。

「来たようだ。アチピタ　デヴェルヴィス　アルドラ　……カネティス」

ライアンが像の持つ精霊石に手を伸ばし、受信の祝詞を唱えた。

「『皆揃《そろ》っているかい？　じゃあ、始めるよ。質問は終わってからだ』」

大理石のシルフ像から、アルドラの声が響いた。

なるほど。普通のシルフ飛伝は一対一のやり取りだけれど、この像があれば加護の有無に関係なく、複数でも使えるわけだ。伝言ゲームのようにならずにすんで、便利だ。

「『サヴォアに会って、茶の木のことについて聞いたよ。ああ、リンはサヴォアを知らないね。フィニステラの現領主さ。茶の木を栽培し始めた時は、茶がこの国に入り始めたばかりで、生産国は今よりずっと遠い国だったそうだ。今よりも高額で、遠いからすぐには手に入らない。サヴォアは宰相だった時から、そういうところは抜け目がなかっただろ？　生産をすぐに指示したそうさ。でも、遠い分、オリーブのように技術指導員が見つからなかった。それでも領主の指示だし、文官も農民も数年は特に注意したそうだが、オリーブと違い、茶は年々調子が悪くなっていったそうだ。……ここまでで質問はあるかい？』」

ライアンがリンを見た。

リンはコクリとうなずくと、教わった通りにアルドラにシルフを飛ばしてみる。

練習以外、初めて実際に使うので緊張する。

「レコダレントゥラ　ヴェルバ！　リンです。お茶の木はどこから手にいれたんですか？　調子が悪くなった原因はなんでしょうか。ええと、ミジット　オブセクロ　ヴェルバ　アルドラ」

無事に届いたらしく、すぐにアルドラの声が響いた。

ちゃんと届きました、というように、リンは師匠であるライアンの顔を得意げに見た。

「『領内の山にあったそうだよ。ここもウィスタントンのように国の端で、領都の港に南からの船が入る。茶の生産国出身の商人がこれは茶の木だ、と教えたそうだ。虫が付いたわけでもなく、結局理由はわからなかったらしい。……リン、祝詞の前に、ええと、は要らないよ』」

アルドラの声が笑う。

残念。ええと、まで記録されていた。

遠国から持ってきた木じゃないなら、環境にはあっていると思う。でもこれだけでは、さっぱりわからない。

「レコダレントゥラ　ヴェルバ。アルドラ、ありがとうございました。ミジット　オブセクロ　ヴエルバ　アルドラ」

「『当時担当した文官の記録があるんだ。大市の後半に領の文官がそっちに行くようだから、その時に持っていってもらうよ。……こういう時に、リンの『スマホ』があるといいねえ。雷が絵も送るんだろう？』」

『シルフ飛伝』は何もなくても声が送れるから、こっちの方がよっぽど便利だと思う。

絵は送れないがしょうがない。『スマホ』で絵を送るには、送受信用に二台と雷がいる。たぶん他にも何かが必要だ。

「『サヴォアは、もし茶の木を育てられるなら、便宜を図ると言っていた。昔と違ってもっと近い国でも栽培しているから、ここでもできる、と今でも思っているようだよ。領内にはまだ茶の木が少しあるみたいだよ、私の島にはなさそうだけどね。まったくね、オグが一晩で帰っちまったから、大変な目にあったよ。遅くなって悪かったね』」


アルドラの報告は以上だった。

記録があるなら、ぜひ見てみたい。きっと何かわかるだろう。

それに、今はもっと近い国でも栽培している、というのも興味深い。

お茶の栽培にまた一歩近づいた気がする。

「一晩で十分だぜ。残っていたら茶の木探しに、俺とグノームを走らせるに決まってるじゃねえか」

オグがアルドラの最後の言葉に、眉根を寄せて言う。

グノームだけじゃなくて、オグも走らせるところがアルドラだ。

「よく帰れたな」

「島の漁師が、笑いながら対岸まで船をだしてくれたよ。アルドラはいつもあの調子だから、逃げ帰るヤツにも慣れてるんじゃねえの？」

その状況が簡単に想像できて、ニンマリしてしまう。

「ああ、アルドラの島な、十年前と大して変わりなかったぞ。前は、着いた時にはアルドラの家だけだったろ？　今は数軒の家が増えて、漁師のための港が少し整備されたぐらいだ。家の周りに畑が少しできていたな」

「土地はあるということか。リンに一緒に島に住んで、茶を育てろと言うわけだ」

「そんなこと言ったのか。……リン、行ったら大変だぞ。アルドラは精霊も使うが、その倍は人を使うからな」

「オグ、もっと言ってやってくれ」

アルドラに対して遠慮のない、相変わらずの二人だ。

「さて、今日はこれだけか？　大市の警備は、明日、各塔の騎士や各ギルドの担当と合わせて確認だろ？」

「いや、もう一件ある。座ってくれ」

まだ長くなりそうだと、リンは話を聞きながら、お茶の用意を始めた。

今日のお茶は、台湾の梨山高山茶《リシャンガオシャンチャ》だ。

しっかりとしたボディ。口に広がる花とフルーツの香りに、長く続く甘みの余韻が素晴らしく、リンの大好きなお茶の一つだ。

最後に行った畑のもので、今年は少しクリーミーだったな、と思いだしながら、小さなティーポットにお湯を入れた。

このお茶ぐらいとはとても言えないけれど、いつかお茶が作れればいい。


「オグ、シロップだが、がんばってくれたおかげで、約二百三十八桶《おけ》分のシロップになったそうだ」

「おお。一年目にしてはやったじゃねえか」

「それでだ。西のラミントン領にも、この技術を伝えたいと思っている」

オグが真顔になって、目を細めた。

「おい、ライアン、何を言っている？　これはこの領の技術だろう？　それを他に渡すのか？」

「西の森に、リンに言わせると、バーチの倍はシロップが取れる木があるらしい。境の村ではこちら側でも少し生産できるかもしれないが、西の森はほとんどがラミントン領だ」

オグがリンの顔を見る。

お茶を配りながら、うなずいた。

「メイプルという木があるのです。ドルーが西の森だと」

「だからといって、他領でも同じものを作らせるのか？」

「リンが風味はまた違うものだと言うぞ。西の森はヴァルスミアの森より小さいが、倍量ができるなら、同じように助かるだろう？」

オグがまたリンの顔を見る。

リンはまたうなずいた。

「蜂蜜の味や風味が産地で違うように、シロップも違います。メイプルは、樹液が水桶四十杯で一杯のシロップになるはずです」

「国の北東のこの領も、北西のラミントンも生活の厳しさでは、南とは比べものにならない。ここと同じように難民も多いだろう。海があるからまだなんとかなっているかもしれないが、若い領主が難民救済の指示をだして、だいぶ私財をかけて無理をしているという情報がある」

オグは考え込んでいる。

「オグ、もどって助けてやれとは言わぬ。それが良いことにつながらないこともある。だが、領主の異母妹の夫が、ここのところだいぶ政治的に幅を利かせているとも聞いた。生産は来年になるが、ここで領主側に何か希望になるものが、あってもよかろう。その方を勘当した父上も亡くなられた。弟に、ラグナルに連絡を取ってくれ」

「ん？　ラグナル？　あれ、それって確か……」

「ああ。ラミントン領主。オグの弟だ」

リンは梨山茶を吹きだした。もったいない。手でほとんど止められたのが幸いだ。

「コフッ。ケフケフ」

「おい、リン。大丈夫か？」

濡《ぬ》れた手と目の前のテーブルを、ハンカチで慌てて拭く。

「ご、ごめんなさい。でも、お、弟？　隣の領主がオグさんの弟？」

「俺は勘当されて今は平民だし、家とは一切関係がなくなっている。血はつながっているがな。もう、十年以上会っていないか」

「隣のご領主様の兄……。み、見えない」

普段のオグの様子は、領主の一族どころか、全く貴族らしくは見えない。

どう見ても、髭《ひげ》もじゃもじゃのハンターの方が似合っている。

「悪かったな！」

「リン、精霊術師には平民もいるが、二つ以上の加護を持つものは、すべてが上位貴族の、領主一族の出身だ。アルドラは孤児で実際の出自がわからぬが、恐らく貴族だろう。リンが唯一の例外だ」

そりゃあそうだろう。この世界の例に当てはまらないのだから。

それでオグはライアンとも幼馴染《おさななじみ》で、この仲の良さなのかと、思い当たった。

「父上も技術を提供するのには賛成だ。昔から北の領地は、互いに助け合ってきているだろう？」

「しかし……」

「もともとバーチのシロップを作る前から、この話をしていたんですよ。成功したら、隣の領に伝えようって。甘いものが増えるのは嬉《うれ》しいし、メイプルのお酒が増えますよ」

「ああ。最初から携わったオグは、弟に教えてやれることがあるだろう？　大市なら、候もうまく理由を付けて、抜けだせるのではないか？」

「そうそう。水桶は予《あらかじ》め用意しろ、とか、サラマンダーの素早い捕まえ方とか、教えてあげたらいいですよ。オグさんは来年春に、こっそりメイプルの技術指導に行ったら、戻ってきてヴァルスミアでシロップ造りをお願いします。忙しいですね」

「リン、それではアルドラ並みに人使いが荒いのではないか？」

ライアンと二人でオグに畳みかけた。

弟が苦労しているなら、公式には無理でも助けたいだろう。オグは難民の一人一人にも気を配るのだから。


あご髭をさすりながら何かを考えていたオグが、両膝に手をついて、深く頭を下げた。

「感謝する」

「感謝なら、できあがったメイプルの酒でいいぞ。飲み比べたい。リンは、……そうだな。魚があればいいのではないか？」

ライアンの言葉に大きくうなずいた。

連絡は手伝うぞ、と、ライアンは執務机に載るシルフの像に手をかけた。

ティータイム　弟の声

「オグさん、もしかして緊張してます？」

「緊張はしてねえが……」

いや、どうも気分が落ち着かないのは、緊張か？　そんなに態度にでてるのか？

のどの渇きを悟られていたかのように、リンが俺のカップにお茶を注ぎ足した。

「至急、領主と内密に話がしたい」

ライアンが、ラミントンにシルフを送った。

賢者からこんな連絡がいったら、大慌てで準備が整えられているだろう。ラミントンの領主執務室にも、これと似たようなシルフ像があったのを覚えている。まあ、今使われているのを見るまで、あれがそうだとは思わなかったけどよ。使う時だけ、風の精霊石を持たせるんだな。

先方からの連絡を待つ間、ウィスタントンのシルフ像に手をかけて、ライアンは祝詞《のりと》を呟《つぶや》いている。俺が習っていない風の祝詞だ。

シルフ像が手に持つ、風の精霊石の魔法陣が光りを放つと、ライアンがその像を俺に押しだした。

「オグ、精霊石に手を載せてくれ」

待て。

「おい。これは普通、領主のみが登録して使う精霊道具だろ？」

「早くしろ。光のあるうちに登録を書き換えねばならぬ」

「だから……」

「問題ない。終わったら父上に書き換え直せばいいだけだ。この場でこれが必要なのはオグだけだ」

全く。これだから賢者ってやつは……。ああ、そうだよな。国が秘匿する精霊道具で、この書き換えができるやつは限られているはずだが、まあ、賢者だもんな。あ、もしかすると、これはもともと賢者がするもんなのか？

光がチラチラとし始めた。

視線で早くしろ、と、促すライアンに従って、精霊石に手を置いた。


「『ライアン、ご無沙汰しております。ラグナルです』」

目の前に置かれたシルフ像からその声が流れだした時、息を呑《の》んだ。

正直に言えば、わからなかった。

弟の声を聞くのは別れた時以来だ。あいつは九、いや、十歳になっていただろうか。城をでる自分の後を追いながら、兄上、と呼びかけられたのが、ずっと記憶に残っていた。高い、子供の声だったが、今聞こえてくるのは、柔らかな、青年の落ち着いた声だ。

……それだけの年月が流れたのだな。

声がでてしまいそうで、奥歯をぐっと嚙《か》みしめた。

「ラグナル、急に時間を取ってもらうことになり、すまなかった。今日はラミントンに……」

あの時、あいつが後ろをついてこられるようにゆっくりと歩いたが、最後は城門で別れたんだったな。最後に振り返って手を挙げたら、泣きそうな顔をしていたな。それでも泣かなかったのだから、えらいと思ったぞ。


ふと気づけば、部屋は静まり返っていて、ライアンとリンが俺を見ていた。しまった。全く聞いていなかった。

ライアンが話しかけるように促すが、何を話したらいいんだ？

「『ライアン、どうかしましたか？』」

しんとしてしまったこちらを心配したのだろう。俺は慌てて、風の精霊石に手を置いた。

「あー、ラグ、か？　俺だ」

息を呑む音がした。

「『えっ？　あ、あに、うわっ！　いたっ！』」

慌てたような声がして、ふっと向こうの音が消えた。

お、おい。大丈夫か？　どこをぶつけたんだ？

呆気《あっけ》にとられたようなライアンと、目をパチパチとしているリンと視線を交わす。そこにラグは見えないとわかっても、三人ともじっとシルフ像を見つめて待った。

「『失礼いたしました。……兄上、ですか？』」

少し待つと、落ち着いた、でも、どこか不安そうに俺を呼ぶ、ラグの声が聞こえた。

「ああ、ラグ。久しぶりだな」

「『兄上』」

ああ。本当に久しぶりだ。これが、今のラグの『兄上』か。今も兄と呼んでくれるのか。ぐっとこみ上げるものを、のどと腹に力をいれて押さえた。

「『あ、兄上っ。本当に、兄上……？』」

「ああ。ラグ」

繰り返される、俺を呼ぶ声が揺れている。少し涙が混じっているだろうか。それに応える以外に、俺は何を言えばいいい？

くそっ。こっちも視界がぼやけてるじゃねえか。慌てて天井を見上げた。

その時、横でシュンッと鼻をすする音がした。

「うっ、ううっ。……良かったですねえ。ぐすっ」

おい。リンが泣いてどうするよ。ライアンが自分のハンカチをだして渡してやっている。ああ。リンのハンカチは、こぼしたお茶を拭いてぐちゃぐちゃになったもんな。

それを見ていたら、少し落ち着いてきた。

「ラグ、元気だったか？」

「『は、はい！　兄上も、お元気でいらっしゃいますか？　まさか、兄上のお声が聞けるとは、思ってもいませんでした』」

「ああ。ライアンに呼ばれてよ。……それで、話は聞いたか？」

『え？　えっと、領地の新しい産業の話ということでしたね。詳しくは実務担当者から説明をとのことで、待っておりましたら兄上のお声がして、驚きました』

何も説明されてねえな。ライアンを見ると、ニヤリと笑いやがった。

「あー、俺が担当というかな、いや、確かに実務を担当したか。くそっ。どう説明したらいいんだ？」

『ラミントンにはない産業でしょうか？』

弟の声は落ち着いており、こちらも調子を取り戻した。

「ラグ、まだ、どこにも発表されていない話なんだが」

『大丈夫です。ご安心ください。内密にということでしたので、人払いとシルフ払いが済んでおります。風の術師は一人控えておりますが、護衛は執務室の外におります』

うお。シルフまで払って、領主会談なみの手配がされてるじゃねえか。いや、当然か。ラグは領主だったな……。

リンにも『シルフ払い』は聞きなれない言葉だったんだろう。小声で説明をライアンから聞いている。要はシルフをその場から遠ざけて、情報を秘匿する術なんだが、まあ、滅多《めった》に見ることはねえな。

風の術師ということは、ラグの学友候補だったアイツだな。今は側近だったか。いい術師になったようだ。

「さすがだ。いい手配だ、ラグ。安心して話ができる。……ああ。すまない。家をだされた身で、いつまでもこのような話し方では……」

慌てたようなラグの声が遮った。

「『いいえ！　いいえ、兄上。どうか昔のままでお願いします。家をでられても、兄上はいつまでも私の兄上なのですから。……これ以上に距離を感じるのは、淋《さび》しいです』」

最後にポツンと付け加えられた言葉が、じわりと沁《し》みてくる。

ああ。そうだな。本当にそうだな、ラグ。

一度声を聞いてしまえば、遠ざかるのは今まで以上に辛《つら》いな。

「……わかった。では、このままで続けよう」

一度息をついた。

「ウィスタントンで、この春から売りだす新商品がある」

ライアンをチラリと見ると、大丈夫だ、というようにうなずいた。

「信じられないだろうが、蜂蜜のようなシロップと砂糖で、今までになかった甘味料だ」

しばらくして、シルフの像がふうっと息を吐いた。

「『……まさか、と言いたいところですが、風伝の像を使った緊急連絡を使ってまで、そんな冗談は言いませんね』」

「ああ。それだけじゃないぞ。つまりだな、それをラミントンで生産できる可能性がある」

今度は、像が息を呑んだ。

「『まさか。あ、いえ、今、冗談を言うはずがないと言ったばかりでしたね。いえ、疑っているわけではなく。ですが、これは……』」

だいぶ動揺しているようだ。

「気持ちはわかるぞ。俺も初めて聞いた時には信じられなかったからな。だが、まあ、その重大性はわかるだろ？」

森で甘味料を作るのにハンターを動員する、とエクレールに聞いた時には、何度も聞き返したからな。

「『ええ。今まで輸入に頼るしかなかったものです。大きな商機となり、領の経済を支えるでしょう』」

「それでな、その話をしたいんだ。大市の時に、時間を作って抜けてこられないか？」

「『もちろんです！　春の大市とは言わず、すぐに船の手配を……』」

勢いづくのを慌てて止めた。

「待て待て待て。そんなに急ぐ必要はないんだ。大市で間に合うんだ」

「『……兄上にお会いできると思ったら、つい気が急《せ》いてしまって。すみません』」

弟の照れたような声が聞こえてくる。

顔がにやけそうになった。

俺の顔を見れば喜んで走ってきた、昔と変わってないじゃないか。

「ああ、ラグ。あと少しだ。大市で会えるな」

大市の前のエネルギーアップ

朝からリンはブルダルーと厨房《ちゅうぼう》に籠っていた。

昼食の時間が終わって『金熊亭』が落ち着いた時間に、ダックワーズとポセッティがやってくる。その時に一緒にリモンチェッロの仕込みをして、終わったら皆で集まり、晩餐会《ばんさんかい》用のデザート試食会になる予定だ。

「春の大市の時期は、晩餐会やお茶会のデザートとして、軽くて、冷たいものが好まれるんじゃ」

それなら今日は焼かないものを、と、ブルダルーに協力してもらいながらデザートを作っている。

焼かないデザートは準備は簡単だけれど、冷やす時間がいる。

「リン嬢ちゃま、このチーズはレモンの果汁と混ぜるだけでいいのかの？」

「そうです、師匠。私が今、クリームと砂糖を合わせて泡立てるので、それと混ぜ合わせます」

ブルダルーが手伝っているのは、混ぜるだけのレアチーズケーキだ。

リンの作るデザートはすべて簡単だ。ほとんどが混ぜるだけでできあがる。簡単なレシピしか覚えていないとも言うけれど。

「えーと、シルフ、ヴェルベラブント《クリームを》　ウスクエ《泡立》　クレピト《てて》　オブセクロ《お願い》。天井はダメ」

ライアンに何をしたいのかを説明して、何回か違う祝詞《のりと》を卵で試して、一番ぴったりだった泡立ての祝詞がこれだ。

「よし、いい感じ！　師匠、これとそのチーズを混ぜ合わせてください。それでビスケットの型に入れて、レモンを飾って、冷やせばできあがりです」

「風の祝詞は便利じゃのう。精霊道具ができればいいが、なかなか料理の道具は開発されんのじゃ」

「そうですよね。精霊道具じゃなくてもいいなら、木か鉄で泡立ての道具を作ってもらいましょうか。小枝よりも簡単になると思いますよ」

「ふむ。そんなのがあれば、便利じゃな」

リンは泡立て器を使っても苦手だった。レモン果汁をちょっと加えると簡単に泡立つと知ってから、そればかりだ。

これからはシルフに安心してお任せできる。


最後に作るのがジャスミン茶のムースだ。

昨日から丸一日、クリームの中にジャスミン茶を浸して、香りを移しておいた。

チーズクロスを鍋にセットして、ブルダルーに押さえてもらいながらジャスミン茶を濾《こ》す。

「これはお茶のデザートだったかの？」

「ジャスミンという花で香りを付けた茶です。だから、これは花の香りです」

これも基本的に、混ぜるだけで作れるデザートだ。

温めたクリームと卵黄を混ぜ、別に卵白と砂糖をフワフワに泡立てて、合わせるだけだ。

シルフの祝詞を習ったら、最初に作ろうと決めていたぐらい、リンはふわふわのムースが大好きだ。

「口あたりの軽いデザートなので、なにかと合わせたいんですけどね」

「ふむ。これなんかがいいんじゃないかの」

ブルダルーがシロップ漬けの果物の瓶をだしてくる。

「春の果物じゃないがの、まだこの辺りでは早いのじゃ。今日の苺《いちご》も、もう少し南から届けてもらっての。晩餐会までには、この辺りでも最初の果物が採れるじゃろ」

「師匠、これはリンゴですか？」

「ペリエじゃよ。上品な風味での。この花の香りとも喧嘩《けんか》しないと思うんじゃが。あまり甘味《あまみ》のない果実で、こうやってシロップに漬けるのが一番じゃ」

「じゃあ、これを刻んでムースの下に入れますね」


二人で五つのデザートをパパパッと作って、森の塔の冷室に入れてもらう。

冬の間は裏庭に面した食料庫が、冷凍庫と冷蔵庫になっていた。外に近い方が冷凍庫で、カチカチに凍った肉を震えながら取りだしに行ったものだ。

この時期からは冷室が活躍する。

館、城壁の塔、主要ギルド、それから精肉店の地下には、冬の間に氷が詰められた冷室がある。冷凍はできないけれど、一番深い部屋では真夏でも氷が溶けないという、部屋サイズの大きな冷蔵庫だ。

滅多《めった》にないことだが、この氷が溶けるような暑い夏には、風と水の精霊術師が調整して冷蔵機能を維持するらしい。

「温室があるのに、この家に冷室がないのが意外でした」

「アルドラ様は、食事は『金熊亭』でなさったからのう。厨房にも料理道具は何もなかったじゃろ？ライアン坊ちゃまも、ここでお暮らしじゃなかったしの」

森の塔が目の前だから、その冷室を便利に使っている。『金熊亭』も、真夏には塔に肉を預かってもらうことがあるらしい。

リモンチェッロ造りには、ダックワーズとポセッティだけじゃなく、ライアンまで厨房に現れた。

「そんなに見るほどの作業はありませんよ？」

「休憩だ」

どの蒸留酒を使うかで、ライアンは家族で蒸留酒を飲み比べ、館で一番強いのを持ってきたらしい。

「兄上にも、レモンの酒を分けることになった」

「……水差し三杯分で作った方が良さそうですね」

蒸留酒の出処《でどころ》がそこなら、仕方ないだろう。

「今日の作業は、レモンの皮を剝《む》いて、蒸留酒に漬けるところまでです。皮の白いところは苦くなるので、なるべく取ってくださいね。黄色のところだけを使うんです」

水差し三つ分の蒸留酒だから、レモンを三十個だ。

ライアンを除いて、四人での皮剝きはあっという間に終わった。

それもリン以外は、料理人にレモン農家という、プロ三人である。

「熱湯でよく洗った瓶にレモンの皮を入れて、蒸留酒を注ぎます。で、ここに剝いたレモンの果汁を搾って、全部加えます。今日はここまでで終わりです。あとは毎日一回、瓶を混ぜるように揺らして、四週間ぐらい置いておくだけです」

「蜂蜜を入れるのではなかったか？」

「四週間置いた後に加えます。今回はヴァルスミア・シロップを使いますけど」

リモンチェッロには果汁を入れないで、最後に砂糖と水のシロップを加えるレシピもある。昔は砂糖が手に入りにくく、蜂蜜を使ったレシピは昔ながらのレシピだと、リンが習った人は言っていた。果汁を入れるから水も加えない。

「これで、お酒にレモンの香りが付くのですね？」

「そうです。色も付きますよ。最後はきれいな黄色になります。皮は白くなってきますから、そうしたら取りだします」

これから四週間待って、蜂蜜を入れてさらに一週間ぐらい待つ。

大市の最後の方にできあがる、お楽しみだ。

デザートの試食会には、かなりの人が集まった。

ライアン主従にこの家に住む者、ダックワーズにポセッティ、オグにエクレール。この間の非公式会合にいた薬事ギルドのマドレーヌは、商業ギルドのトゥイルを誘ってやってきた。ブルダルーの代わりに館の厨房を預かる、副料理長も参加だ。

家の応接室はいっぱいだ。

シュトレンとアマンドが、塔の冷室からデザートを運んできた。

シムネルとフログナルドも手伝って、それぞれが大きなトレイを持っている。

「リン様、塔の料理長が、これらのデザートのレシピを知りたいそうです。食べたことのないものばかりだそうで、冷室にある時から気になっていたそうです。他の者もじっと見ていましたよ。……食べられていなくてよかったですね」

シュトレンがくすりと笑う。

「ふふふっ。私のムースが危険でしょうか。まあ、目の前にあったら、気になりますよねえ」

多めに作ってあるので、少し分けて、塔へ持っていってもらうことにした。

冷室を使わせてもらうことへの賄賂《わいろ》だが、やっぱり冷室は家の中にあった方が、ムースの安全のためにもいいのかもしれない。

リンが作ったのはデザートだけだが、『金熊亭』からはできたばかりの春ビールに、オリーブ、ヴァルスミア・シロップを使ったタレで焼いたソーセージ、といった酒のつまみが提供された。ブルダルーも軽く摘まめるチーズやハムを切って、厨房からだしてくる。

この時点で、すでにリンの考えていた、デザート試食会からは外れている。

「今日は晩餐会用のデザートの試食ということだが、大市が間もなく始まる。例年以上に大変だと思うが、最後までがんばってほしい」

ライアンの挨拶で試食会の開始だ。


「大量のレモンをありがとうございました。本当に皮に甘味があって、おいしくて、デザートにも使いやすかったです。あ、このデザート、実はポセッティさんで思いだしたレシピなんですよ」

「私、でございますか？」

クリームにレモンを入れて、レモンの酸でたんぱく質を固めてあり、フルフルと揺れるやわらかいデザートだ。ブルダルーが上にレモンを飾ってくれた。

「ええ。このデザートの名前なんですけど、私の国ではポセット、と言われているんです」

ブルダルーが作ったのは、リンが泡立てを手伝った苺のムースと、春ビールを使ったフルーツサラダだ。

リンの作ったムースを見て、ブルダルーはその場で苺ムースを作った。仕上げに赤いフルーツソースをかけ、ミントが飾られ、見た目もとても美しい。

フルーツサラダは、苺を中心としたフルーツが数種類混ざったデザートで、ほのかにビールの香りがする。

「師匠、ビールの香りがするデザートは初めて食べました」

「この国では北も南も、よく使うんじゃよ。果実とビールを合わせて、スープ仕立てになっていることもあるんじゃ」

「春ビールができたばかりですし、この季節は多いですわね」

皆がそれぞれに、これはレモンの香りがいい、とか、口当たりがなめらかだ、とか言いながら味わっている。

リンも軽やかに口の中で消えていくムースに大満足だ。

ムースは二つともよくできている。

ジャスミン茶ムースの下に入れたペリエという果物は、シャクシャクとした食感で、洋梨のような風味がある。ジャスミン茶にも感じられるこのフルーティーな香りを、ブルダルーは感じ取ったらしい。ぴったりだった。

「リンの花茶の香りだな。南の国の花だろう？」

「なんてかぐわしい香りでしょう。口の中いっぱいに広がります」

「これは変わった食感だ。口の中でなくなってしまった」

皆が気に入ったのはジャスミン茶のムースらしい。初めて食べる香りと食感だそうだ。

「料理長、他の花や茶でもできるでしょうか」

「そうじゃの。御領主《ごりょうしゅ》夫人の花で作ったらいいかもしれんの。あれも香り高い花じゃし、カリソン様のお茶会にもいいじゃろう」

館の料理人組もメニュー決めに真剣だ。

「ジャスミン茶は多めにありますから、もしよかったら使ってください。館では向かないと思いますけど、このムースをちょっとアレンジして窯で焼くと、スフレという、やっぱりふわふわの温かいお菓子になります。器から立ち上がるぐらい膨らむんですよ。スフレは野菜とか甘くない材料で、お料理にもできます」

熱々のスフレもおいしい。

ブルダルーにここで作ってもらえないかと思いながらリンが話に参加すると、ダックワーズも含めてその場にいる料理人は興味深げだ。

「ほう、面白そうじゃの」

「リン様、なぜ館だと向かないのでしょうか」

「広くて、厨房と食事の部屋が離れているでしょう？　スフレはすぐにしぼむので、厨房との距離が近くないと難しいですよ」

「料理長、足の速い配膳係を集めますから、試したらどうでしょうか」

「そうじゃの。第二厨房だったら、少し近いかもしれんの？」

「一番近いサロンを開けていただければ、間に合うでしょう」

館の廊下で徒競走になりそうだ。

「あの、スフレは大変だと思いますよ。同じ泡立てるお菓子なら、ムースの方が簡単ですし、焼き菓子でお茶の時間に摘まみやすい、メレンゲというクッキーもできますから。サクサクで、シュワッて、これも口の中で溶けますよ？」

「そのように、いろいろできるのですか」

「ふむ、やはり料理人に、風の精霊術師をスカウトするかのう？」

そこに、料理人たち以外も加わってくる。

「あの、ムースやメレンゲは、レモンでも作れますでしょうか」

「できると思いますよ。レモンムース、夏にはぴったりですよね」

「リン様、それはヴァルスミア・シロップや、薬草などでもできますか？」

「もちろんですよ。薬草だったらチーズと合わせて甘くないお菓子にしたら、男性にも良さそうですよね」

大市は商品を売り込むチャンスだ。

皆が真剣に考えて、他にも何かできないかと相談を始めている。

今日は突然増えたシロップ造りの仕事と、大市に向けての準備の慰労会のようなつもりでいた。

甘いデザートを食べながら、皆に英気を養ってほしかったのだ。

でも、なぜだかリンが思っていたのと別の方向で、皆がやる気をだしている。

どの配膳人の足が速いかとか、チーズはどこの産地が合うかとか、レモンとヴァルスミア・シロップを合わせて売り込む方法とか、続く声を聞きながら、リンは、まあこれも悪くない、と感じていた。

ライアンは少し離れて、オグやシムネルたちと飲みながら、皆の様子を眺めていた。

その輪の中心には笑顔のリンがいた。

新しい精霊石

　ヴァルスミアの街は大市が近づくにつれ、景色が変わってきた。

　マーケットプレイスに張られた大型の天幕の列が、日ごとに増えている。ここは街の中央にあたるので、各国、各領といった公式の交易拠点が多い。

　ここを中心に、街道に続く各城壁門――『北門』『船門』『南門』『西門』――に向かう道がでるが、この道の両側に、ぎっしりと中小規模の店が並ぶようだ。


　明日から大市が始まるという本日、あちこちで商人を中心に、各地の文官が監督して、天幕と商台の設営を行っている。

　商品が並ぶのは、明日の早朝からだ。

　その設営中の各天幕を、館の文官と商業ギルドの担当者が一組となって見回っていた。

「設営に問題はございませんか？　こちらは『水の石』、大型で五個を希望とのことですが、変更はないでしょうか」

「ございません。例年を考えましても、そのぐらいございましょう」

　事前に各地から申告されたリストと照らし合わせ、最終確認と説明をしていく。

「かしこまりました。では、こちらが『水の石』、大型、五個です。ご確認ください。例年通り、最後に商業ギルドに返却を願います。途中追加も可能です」

「あと、こちらが今回よりお使いいただけます。『火の温め石』です」

見慣れた『水の石』の後に、ウィスタントンの文官が差しだしたトレイには、布袋に入れられたものが二つ載っていた。

「『火の温め石』ですと？　そのようなものは、見たことがないですが」

「はい、この大市のために開発された新しい精霊道具なのです。すぐに貴領のギルドでも扱われると思いますが、ここでまずお試しください。火の使えない場所で、大変便利ですよ」

文官がそれぞれの布袋から赤い精霊石を取りだして、使い方を説明する。

リンのお風呂用の石は『火の温め石』という名に決まった。

ライアンは、サラマンダーの力を抑えた魔法陣を作成し、何度も協議を繰り返した。超大型でなければ他国に出荷しても脅威となり得ないと、流通が決まったばかりである。

精霊術師ギルドに登録を済ませたばかりの、最新の精霊道具だ。

各地の火の精霊術師が「さすがは賢者だ。あのサラマンダーを制御するとは」と、目を皿のようにしてその魔法陣に見入っていたことを、ライアンは知らない。その術師たちは、ライアンがサラマンダーにしょっちゅう困らされているとは思わないだろう。

説明する文官も、この精霊石がもともとリンの風呂用の石だったとは当然知らない。ライアンが大市に便利ではないか、と説明したので、大市のためにわざわざ作られたのかと感激していたものだ。皆がそれぞれ真実を知らないままだが、世の中そんなものだ。

「使用されない時は、事故を防ぐため、必ず一つ一つを別の袋に入れて保管してください。大市の期間、こちらも商業ギルドで追加の貸しだしが可能ですので、必要であればお申し出ください」

じっと説明を聞いていた文官は、理解するにつれ目が丸くなった。

「なんと……。つまり、天幕内で火の使用は禁止だが、温かいものの提供も可能になるということか！」

「はい。調理道具等もギルドで手配が可能です。どうぞなんでもご相談ください」

大市で試してもらえば、一気に各領、各国に伝わるだろう。

新しい精霊道具の披露には、ぴったりだ。

リンはアマンドとシロを連れて、マーケットプレイス近くまで設営の様子を見にきていた。

でかけるなら必ずシロを連れるように、と、ライアンに厳命されている。

シロはとても大人しいが、身体の大きくなったこの頃は、さすがに犬には見えない。シロを見慣れぬ他の国や領の者が人に懐いて通り過ぎる狼《おおかみ》を呆然として見送るが、気にしないことにする。

天幕の間を忙し気に歩き回る人が多く、様々な色のマントが見えるのは、領地によって色が違うからだろう。


「なんだかすごいですね。街の様子が変わっちゃいました」

「ええ、リン様。どこもすごい人です。皆さまギリギリに入られますから、どの門にもここ数日、長い列ができております。毎回、開門時間を延長しますが、さばききれないそうですよ」

大市が始まると、城壁門の外にも、もの売りの店や演芸興行のために天幕が建つ。門は真夜中過ぎに数時間だけ閉門し、騎士が交代で管理する。

「本当に大きなお祭りのようになるんですね」

「この時期は人もものも増えて、活気がございますね。どの宿もいっぱいになります」

「ずいぶん増えているのに、皆が泊まれるんですか？」

「ええ。慣れている商人は取引先や、近隣の農家の一室を借りるようです。この辺りの者も心得たものです。城壁の外に馬車を停《と》めて、大がかりな野営も見られますよ」

ぐるりとマーケットプレイスを回り、自領の天幕の位置を確認し、忙しく働く担当者に挨拶したリンは、家に足を向ける。

邪魔になってはならない。リンの手伝いは、商品の並ぶ明日からだ。

マーケットプレイスを抜け、森の方へ足を向けると、食べ物の屋台が出店する場所ができていた。

街道につながらないここは、火を使ってもいいエリアになる。

『金熊亭』の屋台の場所もあった。ここで肉を焼くのだ。ヴァルスミア・シロップを使ったタレの香りが、人々を引き寄せるだろう。

食べ歩きが今から楽しみなリンである。


工房の前まで来ると、中央の騒ぎが嘘《うそ》のように静かになった。

普段と変わらない。

「よかった。なんか、ほっとします。あ、アマンドさん、私これからちょっと聖域に行きます。シロも連れていくし、すぐに戻りますから」

「かしこまりました。籠をお持ちしますか？」

「大丈夫です。本当にすぐ戻る予定ですから」


聖域に入ると、リンはオークの木にペコリと頭を下げた。

湧き水のそばの石に腰かけ、古語をいくつか書きだした紙を革袋からだす。

「さて、と。まず『水の石』が『水の霧』の祝詞《のりと》で、風の石が『極寒の風』の祝詞が使えればいいわけでしょ。それで、問題はどうやって起動するか」

「リンは何をやっているのかのう？」

「あ、ドルー。こんにちは。ええと、『水の石』と『風の石』を二つ合わせると、冷たくなるようにしたいんです」

「ふむ。その手首にある『加護与えの宝玉』を使うのでは、ダメなのかの？」

ドルーはリンの『加護石』を指した。

紙をヒラヒラと振りながら説明する。

「誰でも使えるものにしたくて。ライアンが『火の石』を二つ使って、熱をだすものを作ってくれたんです。それと同じように今度は冷たくしたいんです。でも、開始と終了をさせる祝詞がわからなくて」


作りたいのは小型の冷蔵庫だ。

夏の間、冷室の保持のために使われるという『水の霧』と『極寒の風』の祝詞は教えてもらった。たぶんそれでできるはず、とリンは思っている。

冷室は開けたり閉めたりが多いと、どうしても室内の氷に影響する。冷室じゃなくて、もっと小さい冷蔵庫があったら、皆が便利だろう。

決して大好きなムースの心配だけをしているわけではない。

「祝詞でなくとも、そのように言えばいいのではないかの？」

「ライアンになるべく古語を使うように言われてるんです」

「ほ、ほ、言の葉とは、意を表し伝えるものじゃ。精霊が理解するのであれば、なんでも良いのじゃよ。リンの言葉は皆がわかる。周囲に他に人はいないようであるし、良いのではないかの？……オーリアンには内緒じゃ」

「ほんとですか!?」


にっこり笑顔でドルーに勧められたリンは、二つのフォルト石を取りだした。

一つを湧き水に入れ、一つをそばにある大石の上に置く。

「ええと、オンディーヌ、シルフ、それぞれ『水の霧』と『極寒の風』がでるようにしてください。お互いを一回打ち合わせると開始で、二回打ち合わせると終了の合図です。二つの石をくっつけていると、氷のように冷たくなるようにしたいです。お願いします。あ、卵ぐらいの大きさで！」

泉から霧が立ち上り、春なのにピューッと冷たい風が通り過ぎた。

背中がぞくりとする。これだ。

リンはできあがった、美しい青と緑の石を手に載せると、揚々と家に戻った。


夕方、リンは衣装箱の中の下着が冷えているのを確認すると、ニンマリと笑った。

「よし。冷えてはいる。でもすこし湿っぽいかな。『水の霧』がどうしてもねえ」

解決方法を考え込みながら、食事の時にライアンに相談することにした。


「ライアン、すみません。これを見てほしいんですけど」

食後のお茶を楽しんでいるライアンの前に、リンはコロリと二つの『精霊石』を転がした。

ライアンはその石をまじまじと見た。

神々しいサイズの石ではないが、聖域で作られた純度の高いものだと、一目でわかる。

「……リン、今度はいったい何を作った？」

「そうですね。『水と風の冷し石』といったところでしょうか」

「『冷し石』だと？」

「もう、衣装箱の中を冷やせましたよ。『温め石』と一緒の方法で、打ち合わせて冷やせるんです。でも湿っぽくなるから、どうしたらいいか悩んでいて」


ライアンにはさっぱりわからなかった。

「なぜ、衣装箱を冷やす必要があるのだ」

「ちょうどいい箱がなくて、衣装箱で実験しただけです。持ち運べるというか、小さいサイズの冷室を作りたいんです。箱の庫内を冷やして、ムースが置いておけます。そうだ、ライアン、夏に冷たいリモンチェッロも、簡単に飲めるようになりますよ！」

こういう時は酒もえさに使うのだ。

「冷室で使う祝詞か」

やっとリンのやりたいことが、ライアンにも伝わったようだ。

「そうです。これなら氷を詰めなくても平気ですし、繰り返し使えます。なんで今までなかったんだろ」

「一年の半分の間、家の中が自然に冷室になる領が多いからな。そうか。ムースはともかく、夏季の輸送にも使えるか」

「ムースは大事です。魚や肉も運びやすいでしょう？　湿っぽくなりますけど」

「『水の霧』より、かなり細い『湖面の霧』の祝詞がある。それで箱を二重にしたら、湿らないのではないか？」

「やってみます。魔法陣も後で教えてください。ライアンは忙しいし、自分で作ってみようと思ったんですけど、新規の魔法陣はまず無理です」

「リン、私が忙しくとも言ってくれ。突然こんなものを見せられる方が驚く。それに国益にもなる。魔法陣も『温め石』の応用ですぐできるぞ。サラマンダーがいないしな」

明日にも、あちらこちらへ手配をしなければならない。

『温め石』の前例があるのだ。様々な実験も前例があるとやりやすい。今度の協議と登録は、比較的すぐに済むだろう。

いや、終わらせる。

大市を前に、ライアンは皆の悲鳴が聞こえるような気がした。

嬉《うれ》しい悲鳴になるだろうが、すまぬ、と、ライアンは心の中であやまった。

「工房に籠る」

「手伝いますよ」

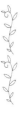

工房に籠ると言ったライアンは、本気だった。

シュトレンに様々な大きさの箱や瓶の用意を言いつけた後、シムネルに『シルフ飛伝』を送ると、彼はすっ飛んできた。

「大丈夫です。今日は皆、大市の準備で各ギルドに残っているでしょう。今から行ってまいります」

事情を話すと、明日の早朝に会合を設定するために、大変いい笑顔ででかけていった。

「ああ、また直前になってしまいました。さすがに皆さんに申し訳ない気分」

「気にしなくとも良い。話を聞けば、全員が私と同じ行動を取るだろう。それよりこちらだ」

執務室に入り、『火の温め石』作成の時に行った、様々な実験と検証結果の紙を取りだした。

そのおかげで、石の大きさによる効果の範囲、持続時間などがすでにわかっている。

「この検証には時間がかかったが、今回はその分短縮できるな。リン、私は魔法陣を仕上げるから、違う大きさの『冷し石』を作れるか？　『温め石』と同じ、極小から、小、中、大のとりあえず四種だ」

「魔法陣って、そんなに早くできるものですか？」

「ああ、すでにサラマンダーの陣があるからな。いくつかの精霊記号を書き換えるだけだ。それに今回は二つの石の片方だけ使用することもないので、よりシンプルになる」

「わかりました。……ライアン、石を作りますから祝詞を教えてください」

ドルーには秘密にしてもらったが、結局ライアンに、古語を使わなかったことがばれることになった。


「シルフ、お願いします。フリジドゥス　ヴェントゥス　サトゥス　デェイプソ……」

ライアンの考えた祝詞は、全然シンプルではなく、大変長いものだった。

昔の術師が考えた祝詞と違い、『シルフ、清らかな風の乙女よ　聖なる御加護《ごかご》を』のような修飾語がないのに長い。

あのまま聖域で古語のリストを見ながら数時間悩んでも、きっとリンには思いつかなかっただろう。

それを考えだすライアンはすごいのかもしれない、と今更ながらに思った。

シュトレンは家と塔を漁《あさ》って、大量のガラス瓶、陶器の壺《つぼ》、薬草用の錫《すず》缶に銀缶、木箱を見つけてきた。それぞれに適した大きさの『冷し石』を入れ、温度で色と状態が変わるという樹脂の皿を入れた。冷室でも使われている温度管理用の樹脂だ。

明日の朝には、ある程度の結果がでるという。

「リン、もう休め」

「もう少しがんばれますよ」

「後は、精霊術師ギルドや王宮に提出する書類を仕上げるだけだ。実験結果も朝まではでない。明日は大市の初日だ。休むといい。私もすぐに終わる」

書類書きに役立たずなリンは、そのまま執務室を後にした。

想定外な大市のはじまり

待ちに待った、大市の開催初日だ。

どこの天幕でも、早朝から家具や荷物が運び込まれて、商台に載せられていく。

出入りも慌ただしく、喧噪《けんそう》に包まれている。活気があるどころではない。街全体が興奮しているようだ。

リンもせっせとウィスタントン領の商品を並べ、その後は時間があったら、あちこちの天幕を覗《のぞ》いてみよう、とワクワクしていた。

――――そのはずだった。


リンは自領の天幕の一角で、衝立《ついたて》に区切られた奥にある在庫置き場、兼、休憩所に立ち、会議に参加していた。

館での商品会議にでていたメンバーは、ブルダルーとダックワーズの料理人コンビをのぞき、全員が揃《そろ》っていた。

どちらにしても初日なので、全員が一度はここに顔をだすのだ。

皆が部下に指示をだし、時間を揃えて裏に集まっていた。

ライアンはまず、その場を『風の壁』で囲み、外に声が漏れないようにすると、『シルフ払い』

でシルフに外にでてもらうよう願った。

その厳重な様子に皆が驚き、一気に緊張する。

『シルフ払い』など、領主会談ぐらいでしか使われるようなことがないのだ。

「ああ、緊張しなくてもいい。全領地はもとより各国から人が集まっている場だし、公開前なので念を入れているだけだ。今日は皆が忙しいのだ、手短かに行おう」


ライアンは四種類の大きさの『水と風の冷し石』を台の上に取りだし、カチリと打ち合わせながら、話し始めた。

「『火の温め石』と同様の使い方をする、『水と風の冷し石』だ。昨夜からの実験結果も良好。ほぼ想定通りの結果がでている」

「『冷し石』ですか？」

「精霊道具か？」

「それはどういった……？」

リンが皆を見回すと、驚愕《きょうがく》、困惑、呆然、といった顔で、トレイの上に並べられた『冷し石』をじっと見つめている。

それもそうだろう。『温め石』が披露されたばかりなのに、昨夜まで全く聞いたことがなかった『冷し石』の登場だ。

「またリンだな!?」

オグは開発者を断言した。そして、それは合っている。

「それはつまり、氷なしで冷室が作れるということでしょうか」

最初に察したのは、精霊術が使われることも多い、薬事ギルドのマドレーヌだった。

その声に皆が、その小さな石の使い方と意味を理解して、興奮を顔に表す。

「おお！　夏場の食品の保管にいいですよね！」

「輸送にもだ。魚も肉も、少し遠方からでも問題ないだろう」

「薬の保管にも最適ですよ。熱に弱いものもありますし」

「医者が、熱のある患者に使えるのではないですか？」

「この大市のような場所でも、冷たく冷やせるということですね？」

皆が我先にと、思いつく用途を挙げていく。

ライアンがその声すべてにうなずいた。

「魔法陣もできている。精霊術師ギルドや王宮に、これからシルフを飛ばす。すでに『温め石』の前例があるので、問題が提起されるとは思わぬ。今週中に通す予定だ」

「「今週ですか!?」」

何人もの、悲鳴のような声が揃った。

さすがに誰も、思ってもみなかったのだろう。

リンはひたすら身を小さくしていた。

ごめんなさい、ライアンの「すぐ」が、こんなに早いとは思ってなかったんですう、と心の中で言い訳しながら。

「この精霊道具に興味を持ってもらうのは、これから暑くなる季節、この春の大市が一番良い。秋では遅すぎる」

全員の顔が険しくも見える、真顔になった。

『冷し石』だけを考えるなら、ほぼできている。登録が済めば、大市でも使用可能だ。問題は、精霊石を収める容器にある」

「容器、でございますか？」

「ああ。何に物を入れて冷やすのか、だ。職人が作るのにも時間がかかるだろう。最初の実験では、木箱や陶器より、銀の結果が一番良かった」

「銀は予算的に難しいだろ？　さすがに」

オグが首を捻《ひね》る。

「ああ。次に冷えていたのが錫《すず》だったので、二度目に、金、銀、銅、錫、鉄で試したのだ」

なんと、ライアンは徹夜で実験を繰り返していたらしい。

今朝、執務室を覗き込んだ時には良い笑顔をしていたが、良い結果がでたのだろうか。

「銅の結果が悪くなかった。これを見てくれ」

シムネルが手に抱えた木箱をだして、蓋を開ける。

「手を入れたら、よくわかるはずだ」

「これはしっかりと冷えておりますわね」

「ああ、本当に冷室のようでございますね」

「底に薄い銅の箱のようなものがあるだろう？　触れるとわかるが、それが冷たいのだ。箱の中に小サイズの『冷し石』が入っている。木箱の内側にも、薄くした銅を貼ってみた」

　ライアンは真夜中に工作までやっていたらしい。

「これはライアン様が作られたのですか？」

「ああ、グノームだ。工房の銅鍋を潰していくつか作ってもらった」

「『冷し石』をそのまま木箱に入れては、ダメということですか？」

「それだけをどのような箱に入れても冷える。とりあえずはそれでも良い。だが、『水の石』からでる霧で、内部の湿気はより強くなるな」

『湖面の霧』でもやっぱり湿っぽくなってしまうのは、しょうがないのだろう。

「木箱に銅を貼る必要はないかもしれぬが、『冷し石』を銅の箱に入れた方が状態はいい。『冷し石』と収める銅箱で、組にして紹介するのが良いと思うのだが、この短期間で作れるほどの、十分な銅細工職人は見つかるだろうか」


「「「見つけてみせます」」」


　売る気だ。

　大市は商売の場だ。

初日から皆のやる気が揃った。
こうして、リンはムースを入れられる、ポータブル冷室を手に入れた。

ウィスタントンの天幕

迅速な、でも重要な会議の後にリンが衝立《ついたて》の陰からでると、ウィスタントン領の商台はすでにきれいに整えられていた。

館から持ち込んだという家具を使っており、真っ白なクロスの下に覗《のぞ》くテーブルの脚は、細くカーブして優美な模様が刻まれている。

天幕の外から人が中を見れば、まず手前側に様々な形のブラシ、石鹸《せっけん》、クリーム、ヘアトニックなどが、ずらりと並ぶのが見えるだろう。

天幕の奥側は、まるでどこかの貴族の応接間のようだった。

会議を行った衝立の前には、飴色《あめいろ》に使い込まれた、美しい細工のキャビネットが二つ設置され、その前には応接用のテーブルと椅子、長椅子まであって、簡単な商談ならここでもできる。

そこがヴァルスミア・シロップに、砂糖、薬草茶のある場所だった。

キャビネットはガラスドアで、華やかなピンクの薔薇《ばら》が描かれた、真っ白な磁器の壺《つぼ》とティーセットが並べてあるのが見えた。壺には薬草茶が入っているのだろうか。

商談のお客様が来たら、お茶を淹《い》れることができるようにも整えられている。

リンがお茶の場所を眺めていると、リンの後に衝立からでてきた、薬事ギルドのマドレーヌが説明してくれる。

「そちらのお茶のセットは、カリソン様が、薬草茶のために必要でしょう、とお貸しくださったのです」

ご領主夫人の私物だった。どうりで豪華なはずだ。

割らないように気を付けなければ。


「販売は、どのようになっていますか？」

同じようにそばにいた、商業ギルドのトゥイルに聞いた。

「ウィスタントンの領民が個人で買い求めるのであれば、どれもさほど問題はありません。砂糖は買う者があまりいないでしょうが、砂糖と薬草茶は量り売りです。シロップは個人向けに、すでに量って壺に入れたものが、前の商台に置いてあります。文官とギルドの者で、常に四名がここにいるように手配しておりますので」

「薬事ギルドからは、職員三名がこちらに入ります」

「七名が詰めるのですか。多いですね」

「裏の在庫の補充もございますし、ギルドとの連絡係も必要でございますから」

「リン様には、お時間のある時に、商品の説明をお手伝いいただければと存じます」

人員は十分に配置されているようなので、リンは主に薬草茶の販売を中心に手伝うことになっている。

「リン様、もしよろしかったら、こちらのお味見をいかがですか？」

マドレーヌが壷を差しだした。

手を突っ込んで一つ取りだすと、丸くコロンとしたメレンゲクッキーだ。

「ブルダルー様たちがいろいろ試してくださいまして。これはヴァルスミア・シュガーを使ったものです。卵白と砂糖だけにしたそうで、砂糖の味を試してもらうのに、ちょうどいいと存じます」

さくシュワのメレンゲに仕上がっていて、口の中で溶けていく。

ヴァルスミア・シュガーは、ただ甘いだけでなく、風味もとてもいいのだ。

「販売もしますか？」

「ええ。形もかわいらしいですし、前の商台にガラス瓶に入れて飾ろうかと。こちらも量り売りです」

館の厨房《ちゅうぼう》でがんばっているそうで、これから種類も増えそうだ。

風の精霊術師の方が、毎日厨房にお手伝いに駆りだされているそうですよ、と、マドレーヌはいたずらっぽく笑った。

早く師匠に泡立て器を作ってあげないとならないかも、と思うリンだった。

風の術師のためにも。


前方のブラシが並ぶ一角には、小さなテーブルが作業台として置かれ、そこにはクグロフがいた。

彼はここで、ブラシの背に美しい模様を描くことになっている。

ブラシの製作作業を見せる、デモンストレーションだ。

今も彼は、花の絵に石をはめ込んで、青い色を付けている。

「リン様、おはようございます」

「ググロフさん、とうとう販売まで来ましたね！」

「はい。私がここに座っていいものか、どうも場違いな気がしておりますが」

嬉《うれ》しい、でも照れくさい、といった顔をしている。

「大丈夫です。お客さんも実際の作業を見られたら、嬉しいと思いますよ。えーと、ガレットさんも来られるんですよね」

「はい。師匠は、午後からこちらに入ります」

ガレットはここで作業はしないが、なんといっても旧エストーラ大公のお抱えだった職人だ。

この国にも、他国にも顧客は多かった。

このような大市の期間は、顔見知りも来るかもしれない。今はヴァルスミアにいると広め、注文を取るためにも、天幕に入ってもらうことになっていた。


「リン、今日はここにいるのだろう？」

ライアンがシムネルと打ち合わせを終えたらしく、『風の壁』を解除して、衝立の陰からでてきた。

「一刻ほど、商業ギルドに行くが、なにかあったらマドレーヌたちに聞いてくれ。シルフを飛ばしてくれても良い」

「わかりました」

「外を見て回るなら、必ず護衛を連れていくように」

「大丈夫です。今日はここにいます」

その後も、商業ギルド内のウィスタントンの部屋は二と三番だの、自分が戻るまではオグがここにいるだの、注意事項を伝えてでていった。

過保護ここに極まれり、だ。

背丈はその辺のティーンエイジャーに負けるが、もうとっくに成人しているというのに。

石畳にも森の道にも向かないが、ヒールの靴でも作ったら少しは違うだろうか。


すでに天幕の準備は整っているので、在庫の場所や、商品の値段を確認していると、目の前を行き来する人が増えてきた。

ウィスタントンの領民は、マーケットプレイスから外れたところにある、中小規模の天幕――商人や工房の個人店舗――で買い物をする人が多いらしい。国や領が出店している天幕は、格式が高く感じるようだ。

例外は、各地の食べ物が味わえる屋台のエリアで、混雑が引かない人気スポットとなる。

それでも、せっかくの大市だからと、マーケットプレイスにある各地の天幕をめぐって、この辺りでは手に入らない食品や美しい工芸品を眺めて楽しむ。

つまり、ウィンドウショッピングだ。

自領の天幕は、特に珍しいものがあるわけでもなく、毎回チラリと眺めて通り過ぎていくだけらしい。

ところが、今回は違った。

自領の天幕なのに、自分たちの知らない新商品ばかりなのだ。

夫婦らしき、若い二人が寄ってくる。

「ねえ、見て。石鹸だって。でも種類がずいぶんあるわね」

「新しい『ウィスタントン石鹸』ですよ。それぞれが違う香りです。試してみてください」

リンはすかさず声をかけた。

「へえ、オススメはどれ？」

「女性には、このリラックス＆ベッドタイムのシリーズが、お肌に優しくて、フローラルですよ。

男女ともに人気なのが、スパイシーでホットな、ラブ＆センシュアルです」

「ほんとだ。いい香りがする」

「俺はこっちだな。スパイスの」

男の方が値段を見比べる。

「うお！　やっぱりスパイスは高《たけ》えな」

「そうね。でも、甘くておいしそうな香りだし、私も気に入ったかも」

「ま、大市だしな。奮発するか。これ、ください」

「はい、ありがとうございます！」

最初のお客さんだ。

会計は商業ギルドの人にお任せだ。薬事ギルドの職員も、石鹸を油紙に包む。

「香りが好みだったら、同じシリーズでクリームも、おいしいお茶もありますからね。石鹸はお休みの前日にでも、使ってみてください。……これも新商品のお菓子です。よかったら、お一つどうぞ」

メレンゲクッキーと、半バーチ入りの壷に入ったヴァルスミア・シロップも、売り上げに追加となった。

特に蜂蜜が高い今、高騰する前と同等の価格に抑えたシロップは大変喜ばれた。

ピンときた。「大市だしな」。この言葉が売り上げのあがるキーワードだ。

特別な機会は、財布の紐《ひも》がゆるむ。

売るぞ。久しぶりの商売だ。

リンはにっこりと笑った。


次は、マーケットプレイスをでたところで小物を売る、という他国の商人が、自分の店を開ける前にと、様子を見て回っていた。

「見たことがないもんだな」

「ええ、新商品ですね。ブラシといいまして、髪をとかすんです。艶がきれいにでますよ」

「造作も美しいじゃねえか」

「職人は旧エストーラの者なんですよ」

「おお、エストーラなら納得だ。じゃあ、お前さん難民かい。大変だったなあ」

クグロフがその言葉に、ペコリと頭を下げる。

「新しい土地でがんばって、新製品を作ったんですよ。どうでしょう」

商人は、ブラシを手に取り、重さや造りを確認するように見ている。

「ああ、形も優美でいい。柄《え》に入った花の意匠も、きれいじゃねえか」

「エストーラの、ボスク工房って言うんです。このフォレスト・アネモネが工房の意匠だったんですよ。お兄さんと生き別れてしまって、探してるんです。おじさん、あちこち商売で回るんでしょ？どこかでボスク工房の者に会ったら、弟がヴァルスミアにいるって、伝えてください」

「ボスクだと？　有名な細工工房じゃねえか。わかった、そりゃあ協力しなきゃなあ。……ブラシは国でも売れそうだ。他にも面白そうなのがいろいろあるようだが、商談はできるかい？」

「はい。もちろんですよ。トゥイルさん、商談希望の方です」

そう、こうやって商品と一緒に、どんどんボスク工房の話を広めてゆくのだ。

「ありがとうございます」

クグロフがリンに対して、深く頭を下げた。

「ブラシが売れれば売れるほど、話が広がって、きっとお兄さんも見つかりますよ。売りましょうね！」

リンの向こうには天幕のスタッフがおり、皆がうなずいている。

「さ、私たちもリン様に負けないように、がんばりましょう」

マドレーヌが皆を鼓舞した。

持てる者の買い物

「おはようございます」

リンが天幕に入ると、奥の飴色《あめいろ》のキャビネット近くにライアンが立っていた。

クグロフとガレットが、その前に膝をついている。

「どうしたんですか？」

「ああ、キャビネットの取手と、棚の留め金の緩みを、ガレットが調整してくれている」

この美しいキャビネットは、その昔、ガレット自身が注文を受けて制作したものだった。

ほんの少しの緩みだったがガレットが気づき、今日は道具を持ってきていた。

ガレットがドアを丁寧に開ける。

「おや、トットゥ、そこにいたのかの。そこの棚板を動かしたいが、どいてもらってもいいかね？」

その言葉にライアンがキャビネットを覗《のぞ》き込《こ》み、無言で中に手を入れると、その上にグノームが乗ったようだ。

「ありがとうごぜえます」

ライアンに頭を下げると、棚板を取りはずしてクグロフに渡した。

ガレットは木工細工職人だが、芸術品とも言える優美な家具を作るので、精霊のお気に入りだ。

クグロフにキャビネットの前を譲り、耳慣れないエストーラの言葉で、後ろから指示をだしている。

ガレットは諸国に顧客がいたというだけあって、ここに来る商人と同じように、数か国の言葉は問題なく話すらしい。

「これで大丈夫でごぜえますよ」

「ガレット、助かった。母上も喜ぶであろう」

「とんでもごぜえません。ここでこれを見た時は目を疑ったですが、大事に使われていて嬉《うれ》しいですよ」

「結婚の時に、父が母へ贈ったものらしいが」

「ウィスタントン家からの注文でこれを作ったのは、三十年は前でごぜえましたか。いい色合いになってきましたなあ」

うんうんとうなずきながら、ガレットは目を細めてキャビネットを見ている。

領主夫人のティーセットにもびっくりしたが、結婚祝いをこんなところに持ってきていいのだろうか。

キャビネットの中を隅々まで検分していたクグロフが立ち上がった。

「大変勉強になりました。師匠の若い頃の作品を、近くで見られる機会はそうありませんから」

ふう、とため息をついた。

もし他にも修理が必要な家具があれば、クグロフがもうできますから、と優しい目でガレットは見ていた。

「さて、行こうか」

大市の開始から数日が経ち、皆が接客に慣れてきた。ぎこちなかった商品説明も、うまくできるようになっている。

来週からはさらに店も増えるし、大きな商談も入るようになるから、今週はよそを見て回ったらどうだと言われ、今日はお休みをもらっている。

「ライアン、アマンドさんも一緒ですし、平気ですよ？」

「大丈夫だ。天幕にはシムネルが入るから、急ぎの件があればシルフが来る」

リンの同行者はライアン、シュトレン、アマンド、シロと大所帯である。

「シロはまた騒ぎにならないでしょうか」

初日には、シロの『見回り』がけっこうな騒ぎとなり、あちこちの天幕から騎士に報告があがったらしい。

二日目には騎士に付いていて、というより、シロに騎士が同行してくれ、見回りをしたそうだ。

「この場でも皆がシロを見慣れたから、問題ないだろう。シロを連れないなら、騎士を付けるが」

「もう！　騎士さんたちだって今は忙しいでしょう？　それに騎士を従えたら、よけい目立ちますよ」

「大丈夫だ。大市だぞ。どこか遠国の姫が、お忍びで来ていると思われるだけだ」

ダメだ。いったいどこのお父さんだ。

というより、何をそんなに心配することがあるのだろうか。

ふと思いついて、若干声を落とした。

「もしかして、シュージュリーが大市に来ているんですか？　それで警戒しているんですか？」

「いや、シュージュリーは出店しておらぬ。来られないだろう。あの国が最後に来たのは、確か二年前の春だな」

ライアンは、寝そべっていたシロを呼び寄せ、表に向かった。


「リン、今日は何か特別に見るものがあるか？」

「いえ、特にはないんですけど、そうですね、領の人が個人出店している辺りが見たいですね」

この近くの大きな天幕は、行き帰りの時に表から眺めているが、まだ城壁門の方には行ったことがないのだ。

「それでしたら、南門側に領民が多いでしょうか」

南の城壁に向かって、マーケットプレイスをでると、様子が変わってくる。

小さな布を張っただけの店や、覆いもなく商台だけあるところ。地面に布を直接広げている者もでてくる。

買い物をする人も増えて、人通りが多い。

皆、楽しそうだ。

「リン、何かほしいものがあったら言ってくれ。シュトレンに多めに持たせている」

「私、そんなに無駄遣いしませんから、必要ないですよ」

「反対だ。無駄に使えというのではないが、ほしいものがあったら、なるべく買ってくれ」

腑《ふ》に落ちていないリンに、ライアンは説明した。

「領民はもちろん、ここには各地から生産物を売るために人が集まっている。買える者がしっかり買う方が、彼らはより助かる。冬の間に作った商品を売りにきている者も多い。買うのが仕事だ」

そういうものなのか。

「わかりました」


リンも顔を知っているハンターが、奥さんと毛皮をだしていた。その横には皮革製品の職人だろうか、鞄《かばん》や帽子を並べている。

ライアンに気づいて、一斉に頭を下げた。

「柔らかく光沢のある毛で、良いのはあるか？」

「それでしたら、このマルテがいいでしょうね」

「ライアン様でしたら、この黒なんか、髪が映えると思いますよ」

ハンターの奥さんも力を入れてオススメする。

「他の色もあるか？」

「ええ、ございますよ」

台の上に黒、茶、ベージュ、白、と様々なマルテの毛皮がでてきた。

「リン、冬のマフだ。どれがいい」

「え！　私？　どれと言われても……」

いきなり振られて、とっさに答えがでない。

毛皮を選んだことなどないのだ。

奥さんが手助けをしてくれ、ひょいひょいと肩に載せては色を見る。

「肌に合わせると黒も良いけど、この白銀あたりが髪に合うかねえ。まあ、どちらもお似合いですよ」

「それなら、その二つと、私の分の黒を頼む。館からは人が来たか？」

「ええ、昨日、回られておりましたから」

そう言ってライアンは毛皮を買い、隣の皮革職人に預けた。

「これを『レーチェ』と相談して頼む」

「かしこまりました」

あっという間に毛皮を買ってしまった。

二つもいりません、と、リンは口まででかかったが、『買うのが仕事』と思い直してがまんした。

それからもライアンは、毛皮だけでも、あちこちの店に声をかけながら買い求めていった。

ハンターは一人ではないのだ。

館にも運ばれるようなので、きっと使用人たちの分も入っているだろう。

『買うのが仕事』も大変である。リンは、次の冬は日替わりで毛皮を着ないといけないと、覚悟した。

今日は『毛皮買いだしツアー』だったろうか、とリンが思い始めた時、やっと毛皮ゾーンを抜けた。

予《あらかじ》め心の準備をしておいた方がいいだろう。

次のゾーンは、シルクの買いだしツアーになるかもしれない。

「ライアン、領内の産業って、他にどんなのがあるんですか？　シルクとかないですよね？」

「シルクはないな、ほしいならシルクで有名な国があるから、そちらへ……」

いや、そうじゃない。

「領内にないならいいんです。じゃあ、どんな出店があるんですか？」

「毛皮、木工に鍛冶製品、貴石が多いだろうか。秋には羊毛に、土地独特の薬草が多くでてくるな。領地の大半は森で、領内の産業は多くない。南の山岳地帯で牧畜が行われているが、さほど大規模ではないな。ああ、ちょうどグノーム・コラジェが取れる辺りだ」

「じゃあ、領の経済は大変じゃないですか？」

「そうだな。対外的に売れるものは、木材、毛皮、貴石、この土地の薬草といったところか。生産物の質は大変良いのだ。古く、守られてきた土地だからか、石と薬草に珍しいものがあって、殊更高く売れる。あとは聖域があるから、それで何とか補ってきた。今までは」

なんかかなり厳しい感じじゃないだろうか。

「『水の浄化石』や『加護石』ですか？」

「あれらは国が販売を管理する精霊道具となるが、全く領に利が入らないわけでもないのだ」

聖域は国の聖域という認識だが、聖域の管理費として、利益の一部が領にも入るという。

「寒い思いをして作るのはライアンなのに、国が持っていくんですか」

「聖域に入れる術師が、今代はこの領の領主一族というだけだな。国の術師であるとの意識を、常に持たねばと思っている」

つい領を優先しそうになるから、なかなか難しいのだ、とライアンは苦笑している。

「だからこれまでリンが作ったものは、領の財政に大きな助けとなる。また何か新しいものを思いついた時は、先に相談してくれ。領や国を超えた取引になる場合、調整が先に必要になる」

「わかりました」

また何か作ってもいい、というお墨付きだ。

いつも直前、大急ぎになるから、せめてそれだけは気を付けようと思う。


「北からの難民に、知識や技術のある者もいた。領内の産業の質も上がっていくだろう」

難しい話をしながら歩いていると、いつの間にか城壁の近くまできていた。

南門の向こうからアヒルが数匹、お尻を振って歩いてくるのが見えた。

足には布を紐《ひも》でとめた、簡単な靴を履いている。

大市にはアヒルも来るのか。いや、アヒルは靴を履くのか。

思わず隣に立つライアンの腕をパタパタと叩《たた》いた。

「見てください。アヒルが靴を履くのを、初めて見ましたよ？　かわいすぎませんか？」

「近くの村から歩かせるから、足を保護しているのだと思いますよ。この市で売るのでしょう。この時期は卵もよく産みますから」

アマンドが教えてくれた。

ヒョコヒョコと歩いていたアヒルが、シロに気づいて、大慌てで羽をバタバタして、後ろに戻り始めた。

人間はシロを見慣れてきていたが、アヒルはダメだった。

シロは「アヒルなんて襲いませんよ」と、いった顔で大人しくしている。

シュトレンとアマンドが、慌ててアヒルを追いかける農民と騎士を手伝いに、走っていった。

「ああっ。しまった。悪いことをしちゃった」

「大丈夫だ。すぐ捕まるだろう。戻りながら、道の反対側を見ていこう」


道の反対側は工芸品などが多かった。

これもライアンは少しずつ買い上げていく。

リンが興味を示したのは、自分たちで採取した薬草を売っている、夫婦の店だ。大きな瓶に入った透明な石が置いてある。

「これはなんでしょう」

「岩塩だな」

「塩ですか。師匠が使っているのは粒状でしたから、海の塩だと思っていましたけど、あれも岩塩だったのかな」

「ああ、すでに砕いてあるのだろう。海塩ができるまでは、これも多く領外へ売られていたそうだ」

「すみません。削ったのを見せていただいていいですか？　いちばん細かいのを」

手のひらに少し載せてもらい、舐《な》めてみる。

家にあるのと同じ塩のような気がする。

塩は海のものとばかり思っていたから、領内産だとは思わなかった。ここでは海塩が領外からの『輸入品』となる。

「えーと、ライアン。すみません。これ、買います。ちょっと試したいことがあるので」

どのぐらいですか？　と、店の男性が袋を取りだした。

「塊のものは、瓶に入ってる分を、できればすべてほしいです。削ったのは粉状のいちばん細かいのと、その上のを、五バーチぐらいずつ。……あの、それだけ買っちゃっても大丈夫ですか？」

「だ、大丈夫です。まだ宿にありますから」

ライアンの買い物っぷりに、リンも全く負けていない。

リンもライアンも少しずつ袋を抱え、店の男性もウィスタントンの天幕まで、一緒に運んでくれた。

大きな荷物を抱えて戻ってきたリンに、皆が集まる。

ちょうど昼食休憩の交代の時間らしい。天幕には人が多かった。

マドレーヌが袋を一つ受け取ってくれた。

「何をお求めになられたのですか？」

「岩塩です。マドレーヌさん、これでスクラブの石鹸《せっけん》ができるかな、と思うんですけど」

「スクラブですか？」

「ええ。週に一度ぐらい使うと、肌の余分な皮脂を落としてくれます。肌も柔らかくなりますよ。ミントと合わせても香りがすっきりしますから、これから夏に、あと皮脂の多い男性にもいいかなと思って」

エクレールと交代に来ていたオグがあきれた。

「それで、その大荷物になったのか」

「ライアンの買い物ほどではないですよ？　それに美容にも塩は効くんです」

美容と聞いて、マドレーヌだけではなく、エクレールやその場の女性も食いついた。

「リン、塩をどう美容に使うの？」

「その大きな結晶はお風呂に入れたら温まるし、デトックスになるんです。ツルツルに表面を削ってもらったら、背中のマッサージとかにも使えるんですよ。その細かいのは油を少し混ぜて、膝とか肘をこするとツルツルになるし、あと、お腹《なか》とか腰の辺りを、マッサージするといいかなと思って。いろいろ試してみます」

だいぶ気になるらしく、リンはお腹や腰の辺りを、手でクルクルと触りながら話している。

「まあ、試してみたいわね」

「そうですわね、エクレール。せっかくですから。どこか良いところがないかしら」

「この時間は公衆浴場も混まないと思うから、貸し切ってもいいと思うけれど」

「公衆浴場はダメだ」

ライアンの制止が入った。

「あら。じゃあ、ここからなら、『レーチェ』が近いわ。上の私室を借りましょうか。彼女も興味があると思うから」

するすると話が決まり、リンはエクレールとマドレーヌに挟まれ、休憩に入る女性メンバーに囲まれた。

このまま連れていかれたら、まずい気がする。

ブラの時は下着までだったが、今度は剝《む》かれたらすっぽんぽんだろう。

浴室で、マッサージのお試しなのだから。

「ライアン……」

「私には止められぬ。セバスチャンでさえ、女性は止められないと言うぞ」

なぜ、ここに執事の名前がでてくるのだろうか。

リンは混乱しながら、頼りにならないライアンを恨めし気に見た。

訪ねてきた者

リンは天幕へ行く前に薬事ギルドの工房に立ち寄り、石鹸《せっけん》の担当者と一仕事を片付けた。

『レーチェ』の私室で試された塩とオイルでのマッサージは、肌が柔らかく、ツルツルになる、と好評だった。

薬事ギルドならハニーミントのオイルもあるし、預けておいたラベンダーもちょうど使ってもいい頃だという。

塩石鹸だけでなく、オイルと合わせてマッサージソルトとしても、『大市限定』でテスト販売をしてもいいのでは、というのが女性陣の意見だった。

マドレーヌは塩を売っている夫婦のところへ話をしにいき、もう少し納品をお願いしてきた。できた製品を委託して販売するのもいいかもしれない。

マッサージソルトだけでなく、リンのブラも皆の興味を引き、レーチェはさらに注文が増えた。

「なんか、脱ぐ度に注文が増えているよね」

天幕に入ると、リンは木工細工用のやすりを借り、クグロフの後ろに座った。

膝にチーズクロスを広げ、大きく透明な塩の結晶を手に持ち、ガリガリと表面が滑らかになるように削っている。

結晶のままお風呂にドボンでもいいけれど、削れば形がかわいいし、塩の結晶でマッサージするエステもあった気がする。

これはお風呂に手軽に入れるような、そして侍女がマッサージをするような立場の女性向けだ。

隣ではガレットが、ここに座っているだけでは暇だからと、同じようにガリガリとやっている。最初のいくつかは丸くなめらかに削っていたが、今度は見ている間に違う形が削りだされていく。

「ガレットさん、それ、もしかして」

「はい、フォレスト・アネモネでごぜえますよ」

花びらが重なる様子も、そのカーブも、表面の筋も、手の上で花が咲くようだ。とてもこれが塩だとは思えない。

できあがったものを渡されたが、リンにはお風呂で溶かせそうもない。これはもう、窓辺に置いて飾っておくべき工芸品だろう。

思わず、これもお願いします、と、塩の結晶の入った瓶を渡してしまった。


ガレットと話していると、天幕の前に、若い男が護衛を一人連れて現れた。

比較的簡素な服を着ているが、恐らく貴族だろう。

マントの色は二人ともバラバラで、どこの領地のものなのかもわからなかった。

今日は商談の約束があっただろうか、と考えながら、リンは挨拶のために腰を落とした。

「ようこそお越しくださいました。本日は、お約束をいただいておりましたでしょうか」

男は少したらめって言った。

「私はラグナルという。……ハンターズギルドのオグ、殿はこちらにおられるか」

すぐにわかった。

この領の西隣にある、ラミントン領の領主、若きラミントン侯爵その人だ。

オグの弟である。


商業ギルドの一人がハンターズギルドへ連絡に向かった。オグが見回りにでていないといいのだが。

リンは奥の応接セットに二人を案内した後、衝立《ついたて》の後ろに入り、ライアンにシルフを飛ばした。『冷し石』の登録前の最終調整で、午後は商業ギルドの一室に籠っているはずだ。

ラグナルは緊張しているのか、怖いような、こわばった顔をして座っている。

こっそりと顔を見てみたが、あまりオグと似ているようなところはない。

ダークブラウンの髪の色と、アンバーな目の色は一緒だが、ラグナルはとてもハンサムだ。オグのような威圧感もない。

オグがハンサムじゃないとは言わないが、あごを覆う髭《ひげ》がすべてを隠してしまい、よくわからないのだ。

「もしよろしかったら、お待ちの間に、こちらをどうぞお試しください」

後ろで立つ護衛の人にも一緒に、カモミールとハニーミントの薬草茶と、ヴァルスミア・シュガーのメレンゲクッキーをだした。

これで少しはリラックスしてくれると、いいのだけれど。

「この領の新商品、薬草茶と、ヴァルスミア・シュガーを使った菓子になります」

「そうですか。こちらが、あの……」

護衛がうなずいて許可をだし、ラグナルはクッキーを口に入れて味わった。

「しっかりと甘いですね。それに風味もいい。これが本当にこの領でできた砂糖なのですか」

ご領主夫人の薔薇《ばら》のカップを持ち、薬草茶を一口飲むと、カップを見て何かに気づいたようだ。

「こちらのカップは恐らく、うちの領で作られたものですね。なかなか良い磁土が採れるのです」


そこへまず、ライアンが戻ってきた。

ラグナルが立ち上がる。

「ご連絡をありがとうございました。お久しぶりです、ライアン」

「ああ、本当に久しぶりだ。もう少し後まで来られないと思っていたのだが」

「ええ。公的にはもっと後になります。週末に、森へ行くと言って、抜けてきてしまいました。どうも落ち着かなくて」

「そうか」

ライアンは苦笑している。

もう一度ラグナルに座るよう促した。

「今、こちらの領の新商品をいただいていたところです」

「ああ。ラグナル、紹介しておこう。これらを開発した、リンだ」

ラグナルは驚いてリンを見た。

「そうですか。話には聞いておりましたが、これを貴女《あなた》が。……ありがとうございます。我々の領地に、どれだけ助けになるかわかりません」

ハンターズギルドに連絡に行った者が戻ったが、オグは見回り中だった。

ギルド長室をエクレールが整えていると聞き、そちらで待つことにした。


「エクレール、助かった」

「いえ。探しに行っておりますから、すぐに戻ると思いますので、中でお待ちください」

エクレールを見送って、ギルド長室を占領している応接セットに腰を下ろした。

「兄上はここで働いているんですね」

「そうだな。だが、ここは形だけ部屋を持っているようなものだ。昔から其方《そなた》の兄は、机の前に落ち着かぬ。常に領民や難民の面倒を見て、動きまわっている。領としても助かっているし、友人としても誇らしい。……本人には絶対言うなよ」

ライアンがそのようにオグのことを評するのを、初めて聞いた。

確かにオグはそんな感じだ。リンもその言葉に、うんうんと、うなずいた。

「そう、ですか。……ライアン、兄上が家をだされた時、私はまだ十《とお》になったばかりで何もできずにおりました。どうしてそうなったかもよくわからず、悔しくて、でも何も言うことができなくて」

歳《とし》は離れていたがその分仲が良くて、ラグナルは兄にかわいがってもらった記憶しかない。始めは大賢者のもとへ勉強に行き、その後王都の精霊術学校へ進学したのでなかなか会えなかった兄だ。やっと卒業して領へ帰ってくると思っていたら、二度と会えない状況になった。

もう十三年も前のことになる。

「その歳では何もできずとも当然だろう。三つ加護を持つオグに期待をかけていた分、そのオグが精霊術学校を卒業できなかったことに失望し、其方の父上が勘当したという噂《うわさ》になったが」

そうではなかったことはラグナルも知っていて、その噂を聞いた時には本当に悔しかった。

「何があったのか、詳しくご存じですか？」

「いや、私も後からアルドラやオグから聞いたことしか知らぬ。当時、精霊術師ギルドは卒業資格を盾に取ってまで、オグを取り込もうと必死だった。脅すような、かなり強引なやり方だったそうだよ。オグはそれを良しとはせず、ギルドの言いなりにはならなかった」

「ギルドはそこまでのことを？」

「ああ。オグが王城に訴えるなどして、卒業資格を取り、その場を収めることはできたかもしれない。だが、ギルドの力は強い。その後のラミントンがどのような影響を受けるかわからなかった」

「領民の生活に精霊術は深く関わります。術師の派遣にしろ、精霊道具にしろ、何かが少し遅れるだけで大きな影響がでるでしょうね。そしてそれは故意ではなく、偶然を装える」

ライアンがうなずいた。

「ああ。オグはそれが怖かった。それに一連のやり取りを通して、ギルドに嫌気も差していたのだと思う。オグが精霊術師になれば、どうやってもずっとギルドと関わることになるだろう。……其方の父上もそれをわかって、オグを家からだすという形で自由にしたのだよ」

オグにも、前ラミントン侯爵にも、辛《つら》い決断だっただろう。

前ラミントン侯爵との領主会談がある度に、裏ではオグの近況がわかるような話がされていた。

たとえ会うことが叶《かな》わずとも、ずっと気にかけられていたのだ。

「兄上は、こちらでの生活で幸せでしょうか」

ラグナルは答えを求めて、まっすぐにライアンを見ている。

「ああ。大丈夫だ。よく笑っているぞ。其方のことは常に気にかけているだろうが」

その時、バタバタと廊下を近づいてくる急《せ》いた足音が響いた。

ノックもなく、ガチャリとドアが開く。


「兄上」

ラグナルが慌てて立ち上がる。

十三年ぶりの対面だ。

ライアンを通して、それとなくお互いの様子は聞いていた。機会があると遠くから姿を眺めたこともあったが、面と向かうのは別れて以来初めてだ。

ラグナルはオグの髭に隠れた顔に、オグはラグナルの成長した顔に、別れた時の面影を見つけていた。

ふうっとオグが息を吐いた。

「ラグ、お前、来るのが予定より早いだろう……」

「なるべく早くお顔を拝見したくて。グラッセに抜けだすのを協力してもらい、来てしまいました。護衛も用意してくれて」

本当に侯爵が内緒で抜けだしてきたらしい。

「グラッセだと？　あのおてんば、相変わらずなのか」

「おてんば、などと言わないでください。いえ、おてんばなのは変わらずですが、私の婚約者なのですから」

「婚約者だと……？」

オグは弟をまじまじと見つめて、苦く笑った。

「そうか。……お前もそういう歳になったんだな」

幼い時の面影はあるが、もう立派な青年だ。

「ええ、兄上。グラッセも十八ですよ。秋には父上の喪も明け、婚儀となります」

「あのグラッセがなあ。チビの時『青の森』の一番高い木に登って、降りられなくなっていたイメージしかない」

「今はもうチビではありません。私と同じぐらいの背丈がありますよ。森で一番狩りの腕がいい、頼もしい相棒です」

オグは呆然とした後に、首を振っている。

ラグナルの婚約者は勇ましい女性のようだ。

「全く変わってねえ、と言うべきか。……まあいい。座れ、ラグ。ラミントン領の未来を変える話をしよう。驚くぞ」


樹液の採取とシロップの作り方をラグナルに説明し、メイプルでも同じことができると伝えると、身を乗りだして聞いていたラグナルが、ふう、とため息をついた。

「本当に『青の森』で、甘味料が作れるのですね。これをリンが考えたのですか」

「考えたというより、私の国で行っていたやり方を伝えただけなのですよ」

ウィスタントン領でいう『西の森』は、ラミントン領では『青の森』と呼ぶらしい。

「最も大事なのは事前準備だ。水桶《みずおけ》と人手さえあれば、後はなんとかなる」

オグとリンで、どうして水桶が街から消えたか、ハンターがエクレールの言葉にどれほど張り切ったかを話すと、ラグナルは大笑いした。

「青の森近くには大きな街などありませんから、しっかり水桶を用意させせます」

「グラッセが喜んで先頭に立つんだろうな」

「ええ、張り切るでしょう。グラッセの身分を理由に、婚約に良い顔をしない者もおりましたから、領の経済を支えることのできる土地というのは、それらを黙らせるのに役立ちます。グラッセは気にもしませんが、私は不快でしたので」

グラッセは『青の森』がある男爵家、逆に言うと『青の森』しかない土地の出身で、領主夫人として相応《ふさわ》しくない、と嫌味《いやみ》を言われることもあるらしい。

「シロップに砂糖、それから酒もできる予定になっている。蒸留酒はまだやってみないとわからぬが、シュージュリーの難民で、それを生業《なりわい》としていた者がいて、助言をもらいながら進めている」

「難民にそのような者が？」

「ああ。其方の兄のおかげだな。難民一人一人をよく見てくれていたおかげで、旧エストーラの細工師などにも、職を与えることができたのだ」

ラグナルは兄を尊敬のまなざしで見た。

この兄はハンターになっても、全く変わっていないと思う。

暖かく、頼もしく、誰もが次代の領主として期待していた。

「……私にもできるでしょうか」

「ああ。俺は大雑把《おおざっぱ》だが、お前はもっと細やかに気を配れる。大丈夫だ」

「私もオグから学んだのだ。その結果、難民それぞれの背景を再確認できた」

「そうですか。兄上が」

弟の視線に照れを感じたのか、ぶっきらぼうにオグは言った。

「おい、ラグ。今日はいつまでいられるんだ？　泊まっていけるのか？」

「はい。これから少し領の天幕を見まして、明日の早朝には戻ります。兄上の家に泊めていただいて、よろしいですか？　公式訪問の時には、公爵館に泊まらねばなりませんから」

「ああ。狭いが文句を言うなよ。じゃあ、もうでるか」


「おい、ラグ。俺が顔をだすのはまずいだろうよ」

「大丈夫です。兄上。さあ、行きましょう」

ライアンとリンだけ連れていけと渋るオグを、ラグナルは強引にラミントン領の天幕に伴った。

予定にない領主の訪問に、皆が慌てふためき、そして感激もしていた。

指揮を執っている古参の文官には、オグの顔を覚えている者がいた。

「オェングス様……」

名前を呼び、揃《そろ》った兄弟に涙ぐみ、絶句したまま声がでない。

「城の者には内緒にしておいてくれ」

オグはその文官の肩を叩《たた》いて、優しく言った。

ラミントンの天幕で、リンとライアンに特産品を見せてくれるのは、領主その人だ。

一つは領主夫人のティーカップを見た時に、自領のものだと言っていた磁器だった。

ラミントン領では、磁器の絵付けをデモンストレーションにしていた。

職人が真っ白な皿に筆を運ぶ。青一色なのに濃淡がつけられ、青く、美しい花が描かれていく。

天幕の中央にも大きな花瓶にどっさりと、この花がいけられていたが、鮮やかな青紫が印象的な花だ。

クリムゾン・ビーのように花弁の多い花である。

あちらは真っ赤で、こちらは真っ青だが。

「領で『青の女神』と呼ぶ花、ブルーエです。『青の森』は、今の時期ぐらいからこの花が一面に咲くので、青の森と言うのですよ。グラッセの花として、登録も済みました」

オグが吹きだした。

「グラッセが『青の女神』っていう柄か？」

「兄上、失礼ですよ。薬草花として人の役に立ち、生命力が強くて、あちこちに広がる力強い花です。グラッセにぴったりではありませんか」

ラグナルが誇らしげに言う。

「……そういうことか。納得だ」

そんな強いところも、クリムゾン・ビーによく似た花のような気がする。

そして、その力強い花に例えられるラグナルの婚約者グラッセは、どんな人なのだろう。

「『青の女神』はどんな薬になるんですか？」

「目の炎症を抑える薬です。あと、やけどの塗り薬でしょうか」

奥の応接セットに案内される。

「あの、いくつか注文したいものがあるのですが、いいでしょうか」

「もちろんですよ、リン」

「『青の女神』の花がほしいです。急ぎませんので、あの花瓶にあるぐらいどっさり」

「確かに美しい花ですが……」

薬事ギルドから薬草花の注文は入るが、リンからの生花の注文に、ラグナルも文官も首を傾《かし》げている。

「リン、あれも石鹸か、茶にするのか？」

「まだ決めてません。炎症の薬になるなら、何かに使えそうです。色も美しいですし。薬事ギルドで担当の方と試します」

「ラグナル。リンは薬草花を薬にせず、美容製品に使ったりする。早めにそちらの薬事ギルドの者を送ってくれ。リンはいつも突然だが、下手をすると、翌日には一つ商品ができているぞ」

「美容製品ですか」

ライアンが、せっかくだから仕上げて売るといい、と苦笑しながら言う。

文官が慌てて、連絡を入れてきますと席を外した。シルフを飛ばすのだろうか。

突然だと言われてもしょうがないのだ。見るまでは何があるのかわからないのだから。

「ラグナル様、美容は『売れる』のですよ。ライアンも、女性陣の昨日の勢いを見ましたよね？」

「リン、どうぞ私のことも敬称は抜きで、ラグで、お願いします」

「ご、ご領主様に、さすがにそれは無理です」

「ライアンのことは呼んでいるではありませんか」

「ですが……」

オグが助け舟をだした。

「リン、ラグナルのことは、今日はラグでいいぞ。私的訪問で、リンの方が年上だしな」

「えっ！　グラッセと同じぐらいかと……」

ラグナルがまじまじとリンを見た。

俺もそう思ったぜ、とオグが弟に、ボソボソと囁《ささや》いているのが聞こえる。

それを断ち切るように、リンがラグナルを呼んだ。


「ラグ、ティーセットも注文します。少し変わったものもお願いしたいのです」

まず、シンプルなティーセットをお願いした。

大きさ、形、模様を指定し、職人はいろいろな形のカップをリンに持たせ、好みを聞き、せっせとメモを取っていく。

「リンの花は、五枚花弁のフォレスト・アネモネだが、白磁に白い花を描く方法はあるか？」

ライアンの質問に職人が考え込む。

「レリーフで浮き上がらせて、ほんの少しの青色を足せば、美しく仕上がると思いますが」

「それで頼む」

「あと、ちょっと面白い形なのですが、私の国の茶器なんです」

小さめの蓋椀《がいわん》、茶海《ちゃかい》というピッチャー、やはり小さい持ち手のない茶碗《ちゃわん》、茶荷と呼ばれるお茶をだしておく容器、茶筒など、思いつくままに、リンも絵に描きながら注文していった。

こちらは職人の質問も細かい。初めて作る形のものばかりだからだ。

「あ、忘れてた。聞香杯《もんこうはい》。こういう、縦に細長い小さなカップもお願いします」

「これは面白い形だな」

「ええ。烏龍茶《ウーロンチャ》の香り用のカップなんですよ。これで香りが変わっていくのを楽しんでから、もう一つで飲むんです。届いたらやってみましょう。たぶん、ライアンも楽しいと思いますよ」

最後にリンは、棚に飾られていた比較的小さめのカップを指差した。

「あのサイズのカップが、今こちらにどのぐらいありますか？　できるだけ数がほしいです」

文官が在庫の確認に、天幕の裏へ入った。

「リン、そんなに多く、どうするのだ」

「お茶の売れ行きを伸ばしたいのです」

一週間経ってみると、商人が商談後にお茶を買ってはいくが、なかなか個人客には売れないのだ。

お茶を飲む習慣もない、薬草にもおいしいイメージがない。

なんとかもう少し、お茶に親しんでほしい。いろいろ方法を考えて、その一つが試飲だった。

さすがにご領主夫人のティーセットは使えない。

「商台で、まず、味を試してほしいんです」

「リン、それでしたら、ここにあるすべてを使ってもかまいません。我が領の磁器の宣伝にもなります。領地も隣で、追加もすぐ届けられるのですから」

そのうちに屋台から、牡蠣《かき》のような大きい貝が焼かれて運ばれてきた。香ばしい磯《いそ》の香りで、周囲の食欲を誘う。

なぜか春ビールも一緒だ。

「もう夕刻ですし、兄上もライアンも、これが一番ではないですか？」

兄上、この時期の貝がお好きだったでしょう？　と、ラグナルが勧める。

「立派な貝ですよね。これはラミントン産でしたか。屋台の前を通るたびに、香りが気になって、気になって」

「森の雪解け水が海に流れる今が、一番身が太っておいしいのです。リンは貝が好きですか？」

「貝も魚も大好きです。……アツッ、うわあ、ぷりっぷりですよ。このおいしさは、つまり森と海の恵みってことですねえ」

熱々の身に息をふうふうと吹きかけて冷まし、ヒョイと口に放り込むと、汁と磯の香りが口に広がって、鼻に抜けた。ちょうどいい塩加減だ。

「おお。これだよ、これ。熱々のところに冷たいビールを流し込むのがいいんだよ」

オグは豪快に、ツルリと一口で飲み込んだ。貝殻にたまった汁も一緒なのだから、確かに一番おいしい食べ方かもしれない。

「大市の間は、船に氷を詰めてウェイ川を毎日往復させています。ぜひこの機会にたくさん食べてください」

リンがライアンに、意味ありげな視線を投げた。

「まだ公開は早いのだが」

ライアンはため息をつくと、ラグナルに許可を取って『風の壁』を張った。

また丁寧にお願いをしてシルフを払うと、『水と風の冷し石』の説明をした。

「実際に見ないとわからないだろう。後でオグに実物を持たせるが、ギルド登録は、週明け、明後日の朝だ。使用はその後からにしてくれ」

「『温め石』にも驚きましたが、さらに『冷し石』とは。今のように、毎日船を往復させる必要がなくなります。それを船に積めば、夏場でも魚や貝が運びやすくなります！」

ラミントンの文官も、目を丸くして興奮している。

今まで他領に売りにくかった海産物の可能性が、一気に広がったのだ。

「ああ。持ち運びのできる冷室だからな、天幕や、屋台のそばに置くと便利じゃねえか？」

「船に合わせた大きさの『冷し石』の特注も受ける。基準の大きさ以外は、ギルドの術師では厳しいだろう」

「私はこのぷりぷりに太った貝が、もっとほしいです。こうやって焼いたのもおいしいですし、燻《くん》製《せい》にして油に漬けたら、それも春ビールのおつまみにぴったりですよ」

リンだけは石ではなく、丸々として、ツヤツヤの身が立派な貝に夢中だ。脳の中でざぶん、ざぶんと波の音がしているに違いない。

ライアンがチラリとリンを見て言った。

「『冷し石』のセットを余分に用意しよう。五箱ほど頼む」

「おつまみで五箱は多いと思いますよ、さすがに」

もう一つをペロリと口に入れながら、リンはそんなことを言う。

「皆で味見をしたら、すぐに終わりだろう。それに、ラミントンでも売れるではないか」

オグとラグナルは、リンたちと別れて、とりあえずハンターズギルドに向かった。

「あれだけの商品を次々考えだすとは、リンは素晴らしいですね。ぜひラミントンへも来ていただきたいものですが」

「おい、大分気に入っていたようだが、リンに手をだすなよ。……第二夫人にも、愛妾《あいしょう》にもダメだぞ」

ラグナルは思いっきり呆《あき》れた。

「兄上、いきなり何をおっしゃるのです。純粋な友情と賞賛ですよ。私はこれから最初の婚儀を控える身です。それに、私もウィスタントン公爵を見習って、なにがあってもグラッセ一人と決めているのです」

「……ウィスタントン公爵を見習うのか」

それもどうかと思うがな、とオグは弟を思って呟《つぶや》いている。

「まあ、それならいい。ライアンを敵に回すなよ。サラマンダーをけしかけられるぞ、きっと」

「そうではないかと途中で思いました。兄上の良い方であれば、と初めは思ったのですが」

「こ、怖いこと言うな。気を付けろ。アイツはシルフも使うぞ」

この場のシルフは当然払っていない。

「……ところで、兄上はどうなのです？　昔こっそり教えていただきましたよね。兄上の精霊によく似ているという女性のこと。エクレールと言いましたか。この部屋に案内してくださった女性が、その名前でしたが」

オグは弟とそんな話をしたことを、うっすらと思いだした。

離れ離れになるちょっと前、『青の森』をラグナルが初めて訪ねた時の夜だったろうか。

ラグナルの初恋がグラッセで、森でシルフに出会ったと騒ぎ、お互いに内緒の約束で打ち明けたような気がしないでもない。

「ちっ、そんな昔のこと、今更思いだすんじゃねえよ」

「おや、それでは精霊の顔は、今は違うのですか？」

弟は今も独り身の兄を心配して、じっと見つめる。

「……。いや、違わねえよ。くそっ」

「いつか弟として挨拶できることを、願っております。ハンターの間で人気の女性なのでしょう？兄上、がんばってください。私の婚儀にお二人で参加していただけるように」

不機嫌な男たち

「書類は昨日届いており、協議したが問題はないようだ。許可しよう。二日後の朝、登録担当が来たらすぐに処理させる」

その男、王都の精霊術師ギルド、ギルド長のクロスタータは、風の術師に命じてその言葉をウィスタントンにいる賢者まで届けた。

王都の精霊術師ギルドは本部とも呼ばれ、各領地にあるギルドをまとめる役割もある。

ここはその本部内にある会議室だ。

数名の男たちが『水と風の冷し石』の件で詰めている。

風の術師もそれ以上の人数が待機していた。ウィスタントンは遠く、賢者でもなければとても一名の術師が何度もシルフを送受できるような距離ではないのだ。

クロスタータは自分も風の加護を持つ術師であるが、最初にライアンからの連絡を受けて以来、自分でシルフは送らない。

一度でも送れば力の消耗が激しく、疲れが酷《ひど》い。シルフを送っている若い術師を眺め、自分の老いと力の衰えに悄然《しょうぜん》とした。

だが、自分の疲弊や衰えを、人に気づかせるわけにはいかなかった。

今シルフを送った術師に返事が戻ったようだ。

「賢者様からのお返事です。『迅速な登録、感謝する。二日後から大市で周知させるので、各領のギルドへ通知を願いたい』とのことです」

「ご苦労であった。シルフ担当は下がって良い。明日はゆっくりと休んでくれ。明後日には、また各領への通知で協力をしてもらわねばならん」

待機していた風の術師は一礼して、ほっとしたように部屋をでていき、後にはギルドの幹部のみが残った。

「全く。賢者は自分に力があるものだから、こちらの術師の負担を全く考えてはおらぬ」

「本当でございますね、クロスタータ様。新しい精霊道具の登録には、もっと時間をかけても、全く問題ないものを」

時間をかけるなら、本来文書のやり取りで済み、協議や連絡も『シルフ飛伝』で取り合う必要などないのだ。

「ウィスタントンは常に勝手なことばかり。聖域の賢者は、国の精霊術師であるぞ。それなのに、ギルドを尊重するどころか、ないがしろにし、負担をかけるばかりではないか」

「昔のように賢者を王都に置き、必要な時に聖域に向かわせるのが良いのだ。監視にも都合が良いであろう」

ここぞとばかりに、全くこの場に関係のない日頃の不満を漏らす。

つい先頃、大賢者とやり合ったばかりだ。

「まあまあ、皆さま。新しい精霊道具の登録は、ギルドにとっても、よろしいではありませんか。『温め石』に『冷し石』、どちらも日々使えるもの。間違いなく注文が増えるでしょう」

「そうだな。ギルドの良い収入となるであろう。大市でウィスタントンが勝手に広めるのであろうから、こちらの手間も少ない。楽なものだ」

気持ちの落ち着かぬ一人が、さらに言い募った。

「クロスタータ様、でも大市より届いたもう一つの報告は、納得できかねます。貴重な薬草を、薬効の少ないまま、美容製品や薬草茶にするなど」

「そうですな。薬の方が薬草よりも高く売れるのですし、いったいウィスタントンの薬事ギルドも何を考えているのか。大人しく術師の作った薬を販売しておればいいものを」

「薬ならば精霊術師が作り、術師の収入となります。精霊術を使われた商品が販売されれば、ギルドの収入にもなるのですぞ」

薬草茶や石鹸《せっけん》では精霊術が使われず、ギルドの収入とはならない。

精霊術を使った武器や、聖域で作られる『水の浄化石』は、国が販売数を厳しく制限、管理している。

薬は管理されておらず、売れる数が増えれば、それだけ術師とギルドの収入になるのだ。

新しく発表された製品にどの程度の薬効があるかわからぬが、薬が売れなくなったらどうするのか、と、そこまで考えた。

「どのような薬草を使っているか、術師より報告はあったであろうか?」

「いえ、クロスタータ様。原料の公開はされておりません。ですが、ウィスタントンの薬草を使っていると、喧伝《けんでん》がされているそうです」

「別の術師は、スパイスやローズマリーの香りがすると言っておりますので、すべてがウィスタントン産ではないのではないか、と申しております」

「スパイスか。薬効がかなりありそうではないか。全く面倒ばかりだ」

クロスタータは眉間をもんだ。

「クロスタータ様。私のもとに二つ加護の術師がおりますが、薬草で有名なベウィックハム伯領の領主長男です。ローズマリーはここからでているはずです。うまく探らせましょう」

「ベウィックハムか。……そうだな。頼む」


「クラフティは在室しているか」

その男、ベウィックハム伯領にいる領主の長男グラニタは、久しぶりに城の本館に顔をだし、出迎えた執事に弟の所在を訪ねた。

「グラニタ様。……申し訳ございません。クラフティ様はこちらにおられませんが、お約束があったのでございましょうか」

「兄が弟に会いにくるのに、約束を取りつけろと申すか。アイツはすでに領主になったつもりではあるまいな」

「いえ、もちろんそうではございません。クラフティ様は薬草の件で、ウィスタントン領の大市にでかけられております。お戻りはまだ先になるかと」

「大市だと？　そのようなものに、わざわざ自分ででかけずとも、文官が行っておるだろうに。クラフティは精霊もうまく扱えぬが、人も同様に使えぬのではないか？」

グラニタは、領主である自分の父もそうやって自ら領の商品を宣伝し、顔をつなぎ、自領を盛り上げてきたことを知らない。クラフティは父のやってきた通りにやろうとしているだけである。

「グラニタ様。ご足労をかけて申し訳ございません。クラフティ様のお戻りの日が判明しだい、ご連絡差し上げますので」

「仕方あるまいな。頼んだぞ」

緑の精霊術師のマントをひるがえして、グラニタは外へでていった。


全くうまくいかない。

王都の本部ギルド幹部より連絡が入り、久しぶりに不愉快な弟の顔を見てやろうと足を運べば、肝心の弟は外出ときた。

さっさと片付けて、王都に報告をしたかったものを。

「ヴェントゥム　チルクムダートス」

ビュンッと風の刃を走らせ、城の花壇に並ぶ花や枝を滅茶苦茶《めちゃくちゃ》に切り落とす。

本当に不愉快だ。

弟は加護一つしかなく、自分は二つだ。

今日のように王都のギルドからの覚えも良く、期待されており、精霊術師の力も自分の方が上だ。

それなのになぜ長男の自分ではなく、一つの加護しか持たぬ弟が次期領主扱いなのだろうか。

自分の加護が火と風で、弟が土だからか。確かに土の方が農作物の栽培には向いているが、それだけだ。

この領に弟より利益をもたらせば何か変わるのか。

「だいたいアイツは、グノームもうまく扱えぬではないか。土の改良もさせぬ。成長の促進もできぬ」

地に落ちた草木を踏みながら歩いていく。

それなのに、なぜ――。

結局いつものその問いにたどり着くが、それに答える者はなかった。

ラミントンの皇帝と姫

「リン……」

リンの耳元で、ライアンが囁《ささや》いた。

未《いま》だベッドにいるリンは、その声に寝返りを打った。

「ん、何、ライアン……？」

声にだした瞬間に、しっかりと目が覚めた。ガバッと身体を起こす。

ライアンが自分の寝室にいるわけがないのだ。

「は？　飛伝？　こんな朝から？　もう、びっくりしたなあ」

朝からテノールの美声に起こされるのは素敵だが、大変心臓に悪い。風が運んだ声は少しかすれて、色気があるのだ。

「ええと、なんだったっけ。あー、アチピタ……」

寝ぼけた頭でなんとか受信の祝詞《のりと》を思いだした。

「『リン。ラミントンからミディの貝が届いたようだ。ラグナルが加工を見たいと待っているので、用意ができ次第、薬事ギルドに向かってほしい』」

「待ってる!?　大変！」

伝言を受け取ると、慌ててベッドを飛び降りた。

陛下に声をかければ、アマンドたちはすでに起きていた。

髪を簡単にまとめてもらい、レーチェから届いたばかりの新しいドレスを身に着けた。胸元にフォレスト・アネモネが刺繍《ししゅう》されたドレスは、芽吹いたばかりの新芽を思わせる若葉色が爽やかだ。

「春らしいドレスだな」

ちょうど迎えにきたライアンが、リンを見て目を細めた。

作ってもらった『冷し石』付きの木箱――小型冷室――に、ヴァルスミア・シロップ、シュガー、サントレナのレモンなどを入れ、急いで薬事ギルドに向かった。


早朝に、ラミントン領からウェイ川を上って船が到着した。

ライアンが注文した五箱の貝と、リンの注文した『青の女神』の花を抱えた薬事ギルドの者を乗せて。

ラグナルはその船でラミントンに戻る予定だったのだが、その到着した貝を見て、自分も加工の様子を見たいと出発せずに残ったらしい。

火を使って調理ができ、薬草なども揃《そろ》う場所ということで、薬事ギルドの工房を借りることになったようだ。

工房には、ラグナル、オグ、双領の薬事ギルドの者、ラミントンの文官たちがすでに揃っていた。

「ラグ、時間は大丈夫なんですか？」

「問題ありません。領都に入る予定が、夕方から夜になるだけですから」

リンたちを待っている間に、ラミントン領の屋台の者が、貝の殻を開けて準備をしたらしい。

丸々とした乳白色の身が、きれいに木箱に並んでいた。

「じゃあ、始めましょうか。あ、ラグ、この貝に名前はあるんですか？　私の国に、牡蠣《かき》という、似た貝がありましたが」

「我が領にミディという名の小さな村があって、そのあたりの海でとれるので、『ミディ貝』と呼んでいます」

ラミントン領の文官が箱を指して説明してくれた。

「昨日の貝がこちらですが、村では別名があって、『皇帝』と呼ぶそうです。もう一つ、こちらの丸みがあるのは珍しいからと、一緒に届けてくれました。小さいから『姫さん』だなと、先ほど屋台の者が教えてくれたばかりです。『姫』は焼いて食べるのが、一番おいしいようです」

『ミディの皇帝』に『ミディの姫』とは、貝の王族ではないか。

それだけ味わいが素晴らしいのだろう。

「それは楽しみですね。じゃあ今日は『皇帝』でオイル漬けを作りますね。二種類違うのにしようと思っているんです。燻製《くんせい》にするのと、しないのと」

ラグナルとライアンも手伝うと言い、全員がナイフを持ち、貝柱を切って身を殻から外していく。

リンはマドレーヌと一緒に、海塩を入れた水でどんどん身を洗っては、さっと湯がいていった。

「一つ目は、まずタレに漬け込んだ後に、燻をかけてからオイル漬けにします」

茹《ゆ》で上《あ》がった貝の半分を、水に塩、砂糖を溶かして、ローリエ、黒胡椒《くろこしょう》などを加えた濃い目のソミュール液を入れた壺《つぼ》に漬けると、それを持ってきた小型冷室に突っ込んだ。

「リン、それは『冷し石』ですね？　中に手を入れてもいいですか？」

「ええ、ラグ。小型冷室ですよ」

ラミントン領の者は実際に『冷し石』を使っているところを見るのは初めてで、代わる代わる手を入れ、中を覗《のぞ》いて確認している。

確かに冷えていることに、やはり驚くようだ。


漬け込んでいる間にもう一つ別のタイプを作ってしまえる。

「あ、保存瓶を煮沸しておかないと。いくついるかなあ」

「それぞれ五瓶ずつだな」

「……ライアン、その五瓶の内訳は？」

「まず、ラグが持ち帰る。ラミントンの天幕の者も、確認する必要があるだろう。ウィスタントンの天幕、館、私、の五個だな」

リンはジロリとライアンをにらんだ。

「ライアン、ひどいです。私の分を忘れてますよ」

「忘れてはおらぬ。私の分を一緒に食べればいいではないか」

「塔に持っていかないでくださいね。工房に置いてくださいね？」

「わかった。それで、次はどうするのだ」


今度は浅めの大鍋にオリーブオイルを入れ、残った半量の貝をきれいに並べて、火にかけた。

貝からじゅわりと汁がでてくる。そのまま焦げないように鍋を揺すって、軽く焼き色が付いてきたらひっくり返し、そのまま汁気を飛ばす。そのうちに貝がぷくりと膨れてくるのだ。

ヴァルスミア・シロップとレモン果汁を混ぜて回しかけ、貝にとろりと絡めながら煮詰めていくと、甘酸っぱい香りが広がった。

貝の色もシロップで艶がでて、きれいだ。

蜂蜜とビネガーでやってもいいんですよ、とリンは説明する。

皿に取りだすと、全員がじーっと貝を見つめた。貝に穴が開きそうだ。

「リン、これ、もうこのまま食べていいんじゃねえか？」

その気持ちはとてもよくわかるけれど、オグの伸びてきた手をペチリと叩《たた》く。

「ダメです。この料理の一番難しいところが、我慢なんです。このままでもおいしいんですよ？

でも、オイルに漬けて、さらに数日置いてから食べるんです」

「この香りを嗅いで、我慢するのは辛《つら》いじゃねえか」

「じゃあ、『姫』を焼いて食べませんか。サントレナのレモンをかけたら、きっとおいしいですよ。私の国の食べ方です」

ラミントンの文官が立候補して、『姫』を焼いてくれる。

「マドレーヌさん、オリーブオイルに、胡椒、ローリエはありますか？　あと、タイムとピメントかな」

「リン、ピメントが数種類あるが、どれがいいのだ」

消毒した瓶を拭いている間に、マドレーヌが数種類の、大きさも形も違うピメントをだしてくれたようだ。

「これは、私の国の『鷹《たか》の爪《つめ》』に似た形をしていますね」

「ほう。そのように言うのか。確かに形が似ているか。ここでは『サラマンダーの怒り』と言う」

火を吹くトカゲのイメージが脳裏に浮かぶ。

「……すごく辛そうですね」

「少量ならそうでもないぞ。マスタードよりはきついが」

「じゃあ、それを」

貝の粗熱が取れたら五つの瓶に分けて入れ、ピメント、胡椒、ローリエを加えて、オリーブオイルをひたひたに注ぐ。

一つ目はこれでできあがりだ。

あとは小型冷室で、保管するだけ。

数日後ぐらいから味が馴染《なじ》んでおいしくなる。

一週間程度で食べ切らないとダメだけれど、大抵そこまでになくなるのが残念なところだ。

一番おいしいのが、その一週間後ぐらいなのだから。


ソミュール液に漬けた半量は、これから燻煙だ。

「本当は数刻ぐらい漬けた方がいいと思うんですけど、今日はやり方だけお見せしますね」

一刻程漬けておいた貝を取りだし、チーズクロスで拭くと、薬草のタイムを鍋に入れ、火にかけた。

鍋に入るような小さな網を置き、貝を重ならないように並べる。

タイムの香りの煙がでたところで、もう一つの鍋をかぶせて、煙を籠らせる。

「面白いやり方ですね」

「ええ、家でやる時の簡単なやり方です、ラグ」

「スモークド・フック・ノーズを作るように、しっかりと燻煙すると長く保《も》つと思うんです。販売する時は領でいろいろ試していただいた方がいいと思います。今日は軽めの燻煙なので、冷室で保管して一週間ぐらいで食べ切ってください。……たぶん、皆さんそのぐらいで食べてしまいますよね？」

タイムの煙を数分かけただけで、きれいな飴色《あめいろ》に色づいた。

これもしっかり粗熱をとってから瓶に入れる。

一つ目と同じように薬草とスパイスを入れて、オリーブオイルを注いだ。

にんにくがないのが残念だ。牡蠣のオイル漬けにはおいしいのだけれど。

大市の間に、どこかの天幕に売っていないかどうかチェックしなければ。

「これで後は冷室に入れて数日待つだけです。お酒に合いますから、がまんですよ」

「香りからして、おいしそうでしたね」

「あと、瓶に残るオイルも、パンに付けたらおいしいんですよ」

そんな話をしていると、熱々の『姫』が皿に盛ってだされた。

皆が一斉に手を伸ばす。

リンはこれにレモンをほんの少し搾って、ハフハフと口に入れる。

同じミディ貝でも、昨日食べた『皇帝』と風味が違う。

『皇帝』は身が締まっていて、力強く磯《いそ》の香りがしていたが、この『姫』はクリーミーで、香りも丸くほんのりと甘い。

「これはまた繊細な風味だな」

「そうですね。我が領で燻製にして売りだすなら、やっぱり『皇帝』が合うかもしれませんね」

「今日はタイムやローリエを使いましたが、領特産の薬草を試されるといいと思いますよ」

「薬草をお料理に使われるのが面白いと思いました」

ラミントン領の薬事ギルドの者が言う。

「サントレナではお料理に薬草を使うそうですよ。私もお茶に使っていますし」

「お茶、でございますか。薬効もあるのでしょうか」

「そうですね。検証をしておりますが、薬ほどではなくとも確かにございますね」

マドレーヌが答える。

その後は、薬草を食事に使った時の効果の程度について話している。やはり薬事ギルドの者は、効能や効果が気になるようだ。

「私の国にある、この貝によく似た牡蠣も、身体に良いと言われていましたよ。疲労回復に、代謝が活発になって髪や肌にも良いとか。あと、有名なのは男性に精が付く、強精だったかな」

「そこを詳しく」

「え、詳しくと言われても……。えーと、亜鉛という身体に必要な成分が、他の貝や豚のレバーよりも多いんですって。それが効くんです。あ、身体をよく動かす人は汗をかくから、特に不足しないようにと言われていたかも。騎士さんとか？」

「ハンターもだな」

オグが重々しくうなずいた。

「どの程度まで効くのだろうな」

「検証をさせよう」

「ラミントンでも全面的に協力します。定期的に『皇帝』を送りましょう」

男性陣が真剣に話し合っている。

「牡蠣と同じ効果はないかもしれないですよ？　あと、何でも食べすぎはダメですよ？」

注意はするが、聞き流されているようだ。

この国は夜に弱い男性が多いようには見えないのだが、毎回、この手の話題は食いつきがいい。

女性の『美容』と同じく、男性の『強精』は売れるのかも、と、リンは理解した。

「ああ。もしかしたら、そっちの効果が『皇帝』級なのかもしれないですね。じゃあ、『姫』は女性用かなあ」

皆がぐるりと振り返り、じっとリンを見た。

「さすがに村の人はよく知っていますねえ」

リンは納得したというふうにうなずきながら、『姫』をまた一つ口に入れた。

女性用なら、そんなに食べて大丈夫なのだろうか、というライアンの心配をよそに、ああ、おいしいと、リンは満足顔だ。

この後はこのまま薬事ギルドで『青の女神』を加工するのだろう。

それなら周囲は女性ばかりで安心か、とライアンは自分を納得させた。

結局ラグナルは、『青の女神』を蒸留してフローラルウォーターにするところまで残った。

ミディ貝のオイル漬けと、フローラルウォーターを小型冷室に入れると、グラッセにお土産ができた、と、満足げな顔をして帰っていった。

数週間後に公式訪問予定があるせいか、では、また、と気軽な挨拶を残して。

ティータイム　兄上と別れた日

ラミントンに帰る船上で、私は久しぶりにお会いした兄上との会話を思いだしていた。

まだ気分が高揚している。

ヴァルスミアに向かった時の緊張が嘘《うそ》のようだ。

兄上との再会をずっと願ってきたが、本当にこの日が来るとは思わなかった。


兄上と別れた時、私はまだ十歳になったばかりだった。

午前中は家庭教師に学び、午後は護衛とともに身体を鍛える。そんな毎日を過ごしていたと思う。

確かあの日も、そんな感じの本当に普通の日だった。

歳《とし》の離れた兄上は私が幼い頃からウィスタントンのアルドラ様のもとへ修行に行っていたし、王都の精霊術学校へ通うようになってからはなかなか会えなくなっていた。

いつものように剣の稽古をして、部屋に戻った時だった。

「ラグナル様、オェングス様がお戻りになられたようですよ」

着替えの手伝いに来た侍従見習いの一人が知らせてくれた。

「えっ！　兄上が？　……お戻りはまだ先だと思っていたんだけれど」

兄上は最終学年の研修をウィスタントンで終え、卒業式を迎えるために王都へ向かったばかりだった。

「定期船に乗られていたようで、侯爵様とご家族のサロンにおられるようですよ」

ちょうど午後のお茶の時間で、父上もそちらにおられるのだろう。

「変更になったのかな？　わかった。すぐに挨拶にいこう」

「先にご予定を伺いませんと」

「大丈夫。執務室ではないのだろう？　父上も休憩中なのだと思う」


今思えば、そこで何かがおかしいと気づけたはずだった。先触れもなく兄上が戻り、玄関に揃《そろ》って出迎えることもなかったのだから。それに、いつもなら真っ先に呼んでくれるはずなのに。

でもその時は、大好きな兄上に会えることが嬉《うれ》しくて、あんなことになるとは思わなかったんだ。


「オェングス、いったい何を考えているのだ！」

サロンに近づいた時、父上の厳しい声が聞こえ、壁のこちら側で足を止めた。

「申し上げた通りです、父上。卒業はなくなりました」

父上が声を荒らげているのと対照的に、兄上の声は落ち着いている。

「だからその理由を聞いているのだ。研修もすべて終わり、来週にはもう卒業なのだぞ？　それを卒業辞退などと……」

卒業辞退？　どういうことなんだろう。思わず後ろにいる護衛と侍従見習いを振り返った。

サロンのドアは開いていて、声がよく聞こえる。

聞いてはいけない、と、その場を離れるよう促されたが、足が動かなかった。

「もともと精霊術師ギルドとの関係に細かな亀裂は入っていましたが、それが見過ごせぬものとなりました。ギルドの意向には沿えません。辞退の申し入れは済んでいますので、後にギルドからも連絡があると思います」

聞こえてくる声はいつもの兄上と全く違って、冷たく、抑揚がなかった。

父上の大きなため息が聞こえた。

「オグ。其方《そなた》のまっすぐな性格では、許せないことも多々あるのだろう。其方の好ましい性格だが、抑えて飲み込むのだ。そうでなければ政《まつりごと》を執ることはできぬ。……今ならまだ間に合う。私からもギルドに連絡を入れよう。すぐに王都に戻れ」

父上の立ち上がる音がした。

「いえ、父上。戻る気はありません」

「オェングス！　いい加減にせよ！　卒業しないということが、どういうことかわかっているのか？　貴族として一人前として認められぬのだぞ！　領主として立つことも難しくなる」

息を呑《の》んだ。

「……わかっております、父上。よく考えた上で決めたのです」

父上、兄上の声が途切れ、静まり返った。

部屋に入って自分も話をしたかったが、何を言っていいのかもわからない。足も吸い付いたようにその場から離れず、動けなかった。

「父上、私は家を、この領をでようと思っています」

「な、何を言っている……」

父上の動揺が、声に表れていた。

「ギルドとの行き違いはどうにもなりません。許せることと、許せないことがある。このまま私がいては、ラミントン領の領政にもなんらかの影響がでるでしょう。ですから、父上、最後のわがままです。……私を勘当してください」

静かな声だった。

「安易なことを……。其方にとって、ラミントンは、この領は、そのように気安く捨てられるものなのか！」

「っ！　気安くなど！」

ドンッとテーブルを叩《たた》くような音がして、静かに話していた兄上が初めて声を張り上げた。

「ラミントンは、私のすべてだ！　学業も、精霊術も、何もかもがラミントンのためだった。ラミントンのために……」

兄上の声が悔し気に詰まった。

「だから、父上。お願いだ。これからのラミントンのために、勘当を」

室内にも、廊下にも、カタリとも音が聞こえなかった。その静けさが怖かった。父上も、兄上も、何を言っているのだろう。

「……戻ることは叶《かな》わぬぞ」

「わかっております」

「其方の願いを叶えよう、オェングス。今日この時より、ラミントンを名乗ることは許さぬ」

「父上、……いえ、ラミントン侯爵。ご英断をありがたく。どうぞこれからもご健勝にてお過ごしください」

「ああ。もう行け」

衣擦《きぬず》れと足音がして、兄上がでてくるようだ。

「……どこへでも自由に行くがいい」

サロンの戸口まで来た兄上の背を、父上の声が追いかけてきた。

戸口で立ち止まった兄上は、中を振り返ると静かに長く頭を下げた。


兄上は廊下にでるとすぐに、その場に動けなくなっている私に気が付いた。

「ラグ」

「あ、あの、兄上……」

兄上は私の前に膝をつき、目線を合わせてくれた。

「ラグ、聞いていたか」

コクンとうなずいた。

「そうか。すまない、ラグ。私のわがままだ」

私は首を振った。何を言っていいのかもわからなかった。でも、兄上のわがままでこうなったのではないことだけはわかる。

「ラグ、お前は案外無茶《むちゃ》をするから、身体には気を付けるんだぞ」

兄上の温かな手が、優しく私の腕を撫《な》でた。

「……ラミントンと父上を、頼む。ラグナル」

鼻の奥がツンとしたけれど、ぐっと力を込めて堪《こら》えた。泣くのは後でいい。

兄上の目を見て、大きくうなずいた。


そのまま玄関へと歩く兄上の後を追いかけた。

父上もサロンからでてくることはなく、見送るのは私だけだ。

「兄上、これからどこに……。行く当てはあるのですか？」

「そうだなあ。決めてはいなかったが。まあ、なんとかなるだろう」

軽い調子でそう答えられたら、この場で話したいことが見つからなかった。

兄上が卒業して戻られたら、進んだ学業のこととか、裏庭に穴を作ったうさぎのことなど、話したいことはたくさんあったのに、どれも今話せるようなことではなかった。

「兄上……」

「なんだ？　ラグ」

それでも何か話したくて、声を聞きたくて、呼びかければちゃんと答えてくれる。

二人でいつも散歩するように、城門までをゆっくりと歩いた。

とうとう門に着いてしまった。兄上が立ち止まり、ボソリと呟《つぶや》いた。

「……何を言ったらいいのかわからないな。言いたいことはたくさんある気がするのだが」

「私もです。兄上」

二人で見つめあう。

「元気で。お前の幸せをいつも祈っている」

「っ。兄上。兄上も、どうかお元気で」

「ああ。じゃあな、ラグナル」

兄上が一つうなずいて、背を向けた。城門をでた背中が、一歩一歩遠ざかる。

「あ、兄上っ！　あにうえー！」

声の限りに叫んだ。

兄上は一度だけ振り返ると、手を挙げて笑顔を見せてくれた。

少し離れた場所でグラッセにシルフを送っていた護衛が戻ってきた。

「グラッセ様も会合がうまくいったことをお喜びで」

もともとグラッセの護衛である彼はシルフの加護があって、その力を使うのか狩りの腕も大変良いという。自慢の側近をグラッセは密かに貸してくれた。

「ありがとう。ついてきてくれて助かった」

「いえ。本当にようございました。オェング、あ、いや、オグ様もお元気そうでございましたね」

「ああ。……昔のままの、温かく、優しい兄上だった。昨夜は遅くまで話をしたんだ。でも、この十年にあったことを話すには、まだ足りない気がしたよ」

「これからはそのような機会もたくさんあるでしょう。隣領ですから、さほど遠くありませんし」

その言葉にうなずいた。

隣領なのに遠いと感じていたが、来てみれば思っていたよりも近い。

兄上は遠くないところにいる。

「そうだな。また来よう」

お茶の試飲と『水と風の冷し石』発売

ラミントンからもらってきたカップを、リンは商台の隅に並べた。絵付けも美しいカップだが、小ぶりなので子供用なのかもしれない。

まず、カモミールとハニーミントの薬草茶を淹《い》れて味見をした。

いい感じだ。すっきりとした中に感じるほのかな甘み。穏やかな風味は薬草茶の中でも一番好まれやすく、試飲にはぴったりだ。

ふと視線を感じて顔を上げると、男の子がじっとリンを見ていた。服の感じから見るに、他国から来た子供だろうか。貴族っぽくはないが、仕立てのいい服を着ている。

「ええと、もしよかったら飲んでみますか？」

「はい」

うなずいておずおずと近寄ってきた子に、リンはカップを差しだした。

「……蜂蜜湯？」

一口飲んで子供は首を傾《かし》げ、キョロキョロと商台を見回した。

「ふふっ。甘みがあるでしょう？　蜂蜜は入っていないんですよ。ウィスタントン産の薬草で、甘みのあるものを使ってあるんですよ。これは、薬草茶」

薬草と聞いて、子供は目を大きく見開いた。

きちんと礼を言って帰った子供を見送っていると、商業ギルドのトゥイルがうんうんとうなずいている。

「子供でも飲めるということは、そのうちきっと皆に親しまれますよね」

「ええ。あの子はきっと大市に来た商人の息子でしょう。見習いとなったばかりの年齢のようですが、最初は石鹸《せっけん》に興味を持っていたようですし、新しいものに敏感に反応して、いい商人になるでしょうね」

トゥイルは未来の大商人に満足そうな顔をしている。

少しして、さっきの子供が大人の手を引っぱって、急いでやってきた。

こっちだよ。ホントなんだってば。驚くから、という声も聞こえてくる。

リンはチラリとトゥイルと視線を交わした。

商台前にたどり着くと、子供の父親らしい商人は、息を整えた。

「ふう、全く。……すみません。こちらに薬草茶、と言いましたか、息子が試させていただいたと聞きまして」

「ええ。先ほど」

リンは話しながら、手早く同じ薬草茶を淹れる。

「甘くて苦くない、と聞いたのですが」

「薬と違って、お茶ですから苦くはないんですよ。ウィスタントンは今年、薬草を使った石鹸やクリームといった美容製品などをだしていますが、そのシリーズの一つなんです」

リンが商台の方を示して案内すると、ほうほう、と言いながら、商人は息子と一緒に石鹸やクリームを興味深げに眺めている。商台の端にあったブラシを手に取り、クグロフに何やら尋ねると、また戻ってきた。

「いや、素晴らしい！　興味深いものばかりです！」

その声は大きく興奮しているようだ。引っ張ってきた息子は父親を見上げ、得意げな顔をしている。

「さあ、先ほど息子さんにお飲みいただいた薬草茶です。安眠を誘う、夜寝る前の一杯としていいと思います。どうぞ」

「本当に苦くないのかねえ。色はきれいだが。……ふむ、香りも悪くない」

怖々とカップに口をつけた商人が、コクリと飲み込んで目を丸くした。

「おお、これは甘い。この国の薬のように苦いかと思ったが……。本当に蜂蜜などは入っておらんのかね？」

「ええ。蜂蜜も、ヴァルスミアで新しくできた甘味料、ヴァルスミア・シロップも入っていないんですよ」

「甘味料ですと!?」

商人の目が、今度は食品が置いてある場所をウロウロとし始めた。

薬事ギルドのマドレーヌがガラス瓶を開け、メレンゲを二つ取りだすと商人親子に一つずつ渡した。

「こちらでヴァルスミア・シロップの風味をお試しいただけますよ」

真っ先にポイッと口に放り込んだ息子が満面の笑みで、父親を見上げる。

父親も口に入れると、目を見開いて固まった。

しばらくして軽く頭を振ると、大きく息を吐きだした。

「いや、もう驚くばかりだ」

商人は、商台の隅から隅まで何も見落とすまいとするように、鋭い視線を投げかけた。

「……シロップにも驚いたが、うちは女性の小物を扱っていて、貴族の奥様方の顧客が多いんだが、ブラシに石鹼、クリームはもちろん、薬草茶もいいかもしれないな」

考えるようにしながら、顎を撫《な》でさする。

「カモミールは肌荒れ、胃痛の薬に使われているのですよ。お茶ですと薬ほどの効き目はありませんけれど、美容にも穏やかな作用があると思いますから、女性には好まれますね」

薬事ギルドのマドレーヌがそっと言葉を添えた。

「もしよろしければ、商談の予約を取られますか？」

トゥイルも声をかける。

商人は大きくうなずいた。

ウィスタントンの天幕での連携は、うまくいっているようだ。

朝早く、いつもより多くの人間がウィスタントンの天幕に集まった。週の初めに、こうして簡単な報告会を行って、大市の情報を共有しているようだ。いつもここにいるメンバー以外に、警備を担当する各城壁門の騎士代表、ハンターズギルドのオグとエクレールも来ていた。

「皆、集まっているか。……先週は大市の一週目としては、良い成果があったようだ。ごくろうだった。その報告と、今週の注意点を頼む」

ライアンの言葉に、端から様子を報告していく。

まずこの天幕内の話として、商業ギルドのトゥイルからだ。

「はい。天幕では領外、国外の商人と商談がすでに始まりました。それぞれ目当てが違うものの、すべての商品に注文が入っております。やはり驚かれるのがシロップと砂糖です。風味の良さ、量の豊富さはもちろん、なにより大陸で砂糖が作られたことに、驚きが隠せないようです。今週からの注意として、在庫と注文量に気を付けてまいります」

欲しいという気持ちをポーカーフェイスで隠して、いい条件を引きだそうとするのが商人の常だが、彼らをも動揺させ、驚愕《きょうがく》させているようだ。

初年度でもあるし、決して安売りはしていないのだが、ここからの輸送費を考えても魅力的な卸値設定らしい。

トゥイルがリンを見て笑顔を見せた。

「それから薬草茶の試飲が始まりましたが、それで興味を持たれ、商談でも石鹸やクリームなどと合わせて、薬草茶の購入を決められる方が増えてまいりました」

「販売量は増えていますか？」

「ええ。商談での売り上げは確実に。貴族の顧客を持っている商人との取引が多いでしょうか。あと、ラミントンのギルド職員によると磁器の問い合わせも増えているとのことで、大変喜んでおりました」

どうやらラグナルが言ったように、うまく宣伝にもなっているようだ。

次は、館の文官からの報告だ。

「今週より、諸国との会合が入っております。場所は商業ギルドの部屋、お相手によりましては、館での会合となる場合もございます。最新情報をご確認ください」

ライアンがうなずく。

これらの商談はライアンの参加もあることから、シムネルと文官が連絡を密にとり、設定されるようだ。

「領民にも、それから商人にも美容製品は人気です。クリームは蜜蠟《みつろう》の関係で現在大量にはだせておりませんが、石鹸はいい感じです。薬草入りで香りがいいこともあって人気がでております。また在庫の方も、スペステラ村の方に作っていただいた自然乾燥の石鹸が次々に仕上がっております。あと、今後の薬草の生産ですが、気温も上がってまいりましたので、本日、温室からスペステラ村の畑に苗を植える予定です」

薬事ギルドのマドレーヌの言葉に、リンは、はっ、と思いだした。自分も家の温室から庭に苗を移すのを忘れないようにしなければ。

エクレールが続ける。

「蜜蠟ですが、早くても夏になるようです。蜜蜂班ですが、いくつか作った巣箱の一つに、無事に最初の蜂が入ったようです。時期的に少し早いようで、大市の期間いっぱいぐらいが蜂を見つける勝負だと申しております」

リンは思わず拍手してしまった。

マドレーヌが聞く。

「巣箱はスペステラに？」

「はい。子供たちには近寄らないように言いますが、村から離れた森のそばに置く予定です。蜜蜂は花が必要ですが、薬草は花が開く前に摘み取るので分けて考えています」

ライアンがうなずいて、警備関連の情報を話すよう騎士に促した。

「例年ですと今週より、領外からの客も増えてまいります。聖域参拝の者もおりますから、森の塔前まで騎士の巡回を増やします」

「聖域参拝？」

「ああ。フォルテリアス国内各地から来た者が、森の前でドルーに挨拶をしていく。森は神聖なものとして立ち入らないようだが」

ライアンの説明を聞いて納得した。

リンが文字を勉強したフォルテリアスの子供向けの本にも、ヴァルスミアの森は国の礎《いしずえ》として、ドルーと初代王の建国神話が書かれていた。大市に来たついでにその森を見たいのだろう。

「ラミントン領の者に聞いたが、ラミントンの港や領都の宿の予約もこれから多くなっているらしい。船の到着が増えるだろう」

オグがそう言って『船門』の騎士を見た。

ヴァルスミア近郊の宿はすでに商人でいっぱいだ。

ラミントンからはウェイ川を上れば、ヴァルスミアまでそう遠くない。宿をラミントンにとり、早朝に立てば一日大市を楽しむことができる。中には公衆浴場や興行の天幕に泊まってしまって、翌日帰る者もいる。

毎年、帰りの船に乗り遅れる者がでて、トラブルも増える。注意が必要だった。

「リンは何かあるか？」

「そうですね。薬草茶がおいしいということが試飲でわかってもらえるようになったので、さらに手軽に飲んでいただけるように、少し考えているところです。また相談します」

そうなのだ。お茶を飲む習慣がない人の家にティーポットがあるわけがない。

お茶は今のところ貴族の楽しみなのだから。

それだと広がらないので、ティーバッグとかインフューザーを作りたいが、この世界の材料選びに悩んでいるところだった。

「最後に私からだ。『水と風の冷し石』の登録は今朝行われる。登録完了後、館に連絡が入り、領主より案内があるだろう。この大市の期間のみ、貸しだしも販売も一括して商業ギルドだ。薬事ギルドも手伝う」

トゥイルとマドレーヌがうなずいた。

「この天幕に問い合わせが来たら商業ギルドへ案内してくれ。特別窓口ができている。規定サイズの石の大口注文は精霊術師が担当できる。それ以外の特別注文はシムネルに私の予定を確認してくれ。以上だ」

銅職人もかなり頑張って石を収める銅箱を作ったが、最終的に足りない分をライアンとグノームが手伝ったらしい。とりあえず、この大市で使う分ぐらいの数はできあがっているようだった。

会議が終わって衝立《ついたて》の外にでると、ローロが来ていた。

ローロは『金熊亭』の屋台をだしている。『金熊亭』は宿泊客もいっぱいで、大人はとても屋台まで手が回らない。娘のタタンとローロがメインで、ハンター見習いの子供たちががんばっているのだ。

「ローロ、こっちがお肉の保管用。こっちにはシロップを使ったプリンが入っているから、甘いものが欲しい人に売ってね。数量は毎日限定になっちゃうけど」

「わかった」

「冷室を盗まれないように注意して」

「うん。みんなで見張る」

ローロは小型冷室を取りにきていた。

肉料理にシロップで甘味《あまみ》のついたソースは好評で、聞かれる度にお客さんをウィスタントンの天幕に案内してくれている。素晴らしい宣伝係だ。今日からデザートも加えられる。

「あのね、ポセッティさん、さっき『金熊亭』で会ったけど、喜んでたよ。レモンの注文がお隣の領から入ったって。伝えてくれって」

「ああ、じゃあ、後で会いにいくね。ありがと、ローロ。今日もがんばって」

ニヤリとしてしまった。

『姫』にレモンをかけたのを、領主が気に入ってだいぶ食べていた。きっと今日からラミントンの屋台でも、レモンを添えるのだろう。

ローロを見送っていると、突然『声』が響いた。

「『大市への出店を感謝する。領主のシュトロイゼル・ウィスタントンである』」

どこにいるのか、天幕の外にでて見回すが領主の姿はない。

それにマーケットプレイスどころか街中に広がるようにして、少し遅れてあちこちから声が跳ね返ってくるようだ。

ライアンがそばに来た。

「リン、『シルフ拡声』だ。後で教える」

こくりとうなずいて、そのまま耳を澄ます。

「『本日は嬉《うれ》しい知らせがある。すでに『火の温め石』を皆は試しているであろう。先ほど、我が領で開発された新たな精霊道具の登録が完了した。『水と風の冷し石』である。この石を使えば、氷がなくとも真夏に冷室が作れる』」

ざわりとどよめきが起きた。すぐにシンと静まり続きの言葉を待つ。

「『木箱に入れれば持ち運べる小型の冷室となる。大市でも便利であろうが、商談で手に入れた商品を各地へ持ち帰るにも役立つであろう。大市の期間こちらも商業ギルドで貸しだそう。興味のある者は商業ギルドへ申しでてくれ。……この大市が我が領だけではなく、皆にとって実り多きものであるように願う。これからも変わらぬ友好と繁栄を願い、精霊の加護を祈ろう』」

少しして、マーケットプレイスのあちらこちらの天幕から文官らしき者が飛びだしてきて、商業ギルドへ走るのが見えた。


「ライアン、『シルフ拡声』って、シルフが言葉を運んでいるんですか？」

「ああ。『飛伝』ほど長い距離は飛ばせぬが、館から街ぐらいまでなら問題なく使える」

風の術師が使う拡声の祝詞《のりと》もあるが、誰にでも使える精霊道具があり、それに向かって話すと風に乗せて声を拡散してくれるようだ。

「なんかシルフってだいぶ活躍していますよね？　『飛伝』、『風の壁』、『拡声』って、忙しいですよね」

「ああ。働き者のことを『シルフのように働く』と言うからな。シルフは真面目だし、また素早いから、活躍の場が多いのだ」

「他の精霊は忙しくないんですか？」

「そういうわけではないが」

ライアンは少し考える。

「グノームも真面目で実直に働くが、シルフほどの素早さがない。時に人の手伝いがいる。オンディーヌは気分屋だ。機嫌がいいと扱いやすい。美しいものが一番好きな精霊で、だから自分の顔を水に映して覗《のぞ》いているのだ、という者もあった」

「へー、美しいんですか」

「人によって見え方が違うから、なんとも言えないだろう。まあ、精霊はどれも美しいとは思うが」

「サラマンダーは？」

「……アレがまともに言うことを聞くのはアルドラだけだ」

「は？」

「サラマンダーは基本、あまり術師の言うことを聞かぬ、ぐらいに思っていた方がいい。そう思わないと火の術師は毎日落ち込むことになる」

火の精霊を扱えない術師でも術師と言っていいのだろうか。

「アルドラの言うことは聞くんですよね？」

「アルドラの言うことを聞かぬ者があると思うか？」

リンはじっと考えた。

ないな。うん、なさそうだ。

「……だから、大賢者と言われるのだ」

アルドラが最強だった。


『水と風の冷し石』が発表となってから、忙しさは増した。

保管と輸送に優秀な『冷し石』は、大市で集まった商人のすべてが必要としていた。

商業ギルドにはこの『精霊石』専用の特別窓口が設置された。ギルドの外まで長い列ができ、トゥイルはギルドと天幕を行ったり来たりしている。

ウィスタントンの専売商品ではないが、この大市で申し込まれる『冷し石』をすぐに提供できるのは、ウィスタントンの術師だけなのだ。

リンとライアンは天幕の奥で並んで座り、頭を突き合わせていた。

リンの手には水色の『精霊石』があり、二人で覗き込んでいる。

「ええと、ここからここまでが『湖面の霧』を指定する古語ですよね？　あれ？　でも、これは確か風を指定する古語ですよね？」

「ああ。霧にするのに、風も入る。そこまで含めて『霧』だ。シルフはどの精霊とも相性がいい」

「なるほど」

「そして『温め石』と同じだから、ここに、発生する、とある」

「ほんとだ。で、その後が打ち合わせる、一回、で、終了する、打ち合わせる、二回。ええと、最後の中心近くのこれが、発動」

「そうだ。この最初の部分は水の魔法陣に入れる定型の文言」

「……確か、オンディーヌを称《たた》える文言なんですよね？」

「ああ。無駄だと思って省いてみたが、これがあるのとないのとでは発動の安定性が違う。魔法陣は本来すべてが理に適《かな》って発動するものだが、これだけは意味がわからない。そして長い」

ライアンが眉を寄せてぶすりと言うのに、リンは笑った。

「ふふっ。試してみたんですね」

魔法陣はライアンに任せきりのリンだったが、『冷し石』の需要がすごくてそうは言っていられなくなった。

できあがった『精霊石』は、属性に関係なくすべて魔法陣を刻む土の術師のもとに集まってくる。

その土の術師が足りないのだ。

ライアンはもちろん、術師ではないオグまで借りだされ、商談や天幕の営業が終わった後に夜遅くまで魔法陣を刻んではギルドに納品している。

少しの休憩時間にも天幕の奥で作業して、目頭を押さえているのを見れば、リンも、できない、わからない、とは言っていられない。

「これならできそうです。『温め石』の陣よりシンプルだし。隣にこの陣を置いて、見ながら描けばできそうです」

「最初はそれでかまわない。ただし、陣を描いた紙は絶対なくさないように。必要なくなれば燃やすこと。複雑さはサラマンダーの陣の半分以下だな」

『精霊石』に浮かぶ古語は、意味をきちんと理解すればさほど難しくない気がする。

そこへトゥイルが顔をだした。

「失礼いたします。ここに置いておきます。本当に申し訳ございません。どうぞよろしくお願いいたします」

床に積み上げられた木箱には、きれいに『精霊石』が並べられている。

「さて、やりますか！」

「ああ。リンは水を。私は風を。慣れるまでは大型のものがやりやすいはずだ」

一人の日

その日の午後から、本当に珍しくリンは家に一人になるようだった。

今夜は館で、領主主催の晩餐会《ばんさんかい》が開かれるという。大市の時期は各国の貴賓も多く訪れ、そのような機会も多かった。大市最初の晩餐会は来訪者がまだ少ないため、大市に出店している各地の担当者なども招待されるのが慣例らしい。

ブルダルーもさすがに昨日から館に戻っている。

ライアンも父である公爵から参加を促されているし、シュトレンやアマンドも手伝いに入る。午後から休みに入るリンに、ライアンは最後までうるさかった。

「本当にリンも館へ行かぬか？」

「晩餐会なんて、怖いところ、行きたくないですよ」

「シュゼットと遊んでおればよい。それに今回は各天幕の担当者も多く、そこまで堅苦しくないはずだ」

「行きません」

「では騎士をつける」

「やめてください。大丈夫。シロがいますから。それに午後からティーバッグの試作をしてみるので、家に籠る予定です。魔法陣の刻印だってまだ残っているし」

「もし何かあったら」

リンはまだ続くらしい言葉を遮った。

天幕の皆がにっこりとこちらを見ているのに、耐えられなくなったのだ。

ライアンは背中を向けているから、気づいていないけれど。

「ライアン、何もないですよ？」

「どのような人間が来ているか、わからぬのだ。身に危険が迫ったら、精霊に助けを求めるように」

「精霊ですか？」

「ああ。焼くか刻むかわからぬが、きれいに片付けてくれる。後腐れも残さぬだろう」

「ひっ」

楽しい独り歩きが、殺人事件になってしまうではないか。

ライアンはリンの腰の辺りを見ながら言った。

「そこで、すでにやる気をだしているが」

リンは自分の脇を見下ろした。

「サラマンダー、私がいいって言うまで、やっちゃダメだよ」

ライアンは眉をあげた。

「よくわかったな」

サラマンダーしか考えられないだろう。

リンがいいと言う日は来ないけれど。

大丈夫ですよ、このまま帰るんですから、と言ったそのすぐ後に、リンは『北門』の方へ向かった。目当ては織物を扱う商人の天幕で、ティーバッグにする布を探しに行くのだ。

最初に『レーチェ』に行ったのだが、リンの希望を告げたらこちらの商人を紹介された。

マーケットプレイスから六番目ぐらいで、右側。聞いていた通りの場所にあったその店はすぐに見つかった。

商台の上にはカラフルな布が積み上げられ、簡単な天幕の骨組みからも布がヒラヒラと下がっている。

「その狼《おおかみ》は、今日はお嬢ちゃんにくっついているのかね。吠《ほ》えもせず、いい子だね」

「ええ、シロっていうんです。あの、レーチェさんからこちらを紹介されて。チーズクロスのような布で、目が粗めで、薄いものが欲しいんです」

「ああ、そりゃ『レーチェ』になさそうだな。あそこはもっと質のいいものが中心だ。この辺のリネンの平織りが、ざっくりと織ってあって、ちょうどいいかね」

商人がポン、ポンと引っ張りだしてくれた布は、薄くて、生地も柔らかく、ぴったりだった。

「これがいいかな。んー、とりあえず六バーチぐらい」

「お嬢ちゃん、この辺りの気候じゃ、これだと夏でもアンダードレスにゃ、薄いと思うがなあ」

「アンダードレスじゃないから大丈夫です。あの、ヴァルスミアにはよくいらっしゃいますか？もっと欲しかったら、どうしたら買えますか？」

「ん？　ああ、それなら『レーチェ』に言ったらいいよ。ウチのお得意さんだからね。問題ないよ」


ライアンの工房で買ってきた布を一度洗い、『温風』の祝詞《のりと》を使って乾かした。

一度水を通した布は、さらに柔らかい。

こちらの家庭でよく使う木のカップは、ビールを飲むような大きなものだ。

これに合わせてティーバッグを作ろうと思っている。

「お茶は一リーフぐらいでいいかな」

一リーフは、バーチの百分の一の重さだ。薬草茶で大さじ一杯ぐらいだろうか。

ライアンの工房にある薬用の天秤《てんびん》を使って薬草茶をきっちり量り、きれいに洗った布で包み、クルクルと口元を縛る。これを持ってきたカップにポンと入れて、お湯を注いだ。

「味も色もしっかりとでてはいるか。んー、でもな」

どうも気にいらなかった。

布の厚さなどはちょうどいい感じだ。でも切りっぱなしの布の端がほつれてくるし、これだと一回ごとに布は使い捨てになってしまう。こちらのやり方に、使い捨てというのが合わない気がした。

「袋にしてみようかな」

お茶を売る時に、小袋も置いておいて、家で薬草茶を入れてもらえばいい。

こちらの人は洗って使うだろう。

口からスプーンを入れやすい大きさにして、チクチクと小袋を縫っていく。

下手くそなのはしょうがない。イメージが伝わればいいのだ。明日天幕で相談しようと決めた。

久しぶりにシンと静まり返った家は、冷たく感じる。

来たばかりの時からこれだったら、この静けさに慣れただろうか。

ずっと一人なのが普通だったが、変われば変わるものだ。

手元が暗くなってきたので、ふと顔を上げた。

集中していたら、思っていた以上に時間が経っていたらしい。

立ち上がると、グイッと伸びをした。

「そろそろご飯の支度をしようかな」


裏庭の一角にある畑から採ってきた葉物野菜は、まだ葉も小ぶりで柔らかな新芽だ。

この間種をまいたばかりと思っていたら、あっという間に緑の絨毯《じゅうたん》になった。間引く感じで収穫しては新芽を楽しんでいる。

葉物野菜のサラダに、ハムを小さく切って散らす。ドレッシングはビネガーの代わりに、サントレナのレモンで酸味をつけた。ビネガーよりも軽くさっぱりとした風味になるので、これから暑くなる季節に活躍しそうだ。

手の甲にたらして味見をすると、リンは思わず口をすぼめた。

「ううう。酸っぱい」

少し考えて、レモンの皮と玉ねぎをすりおろし、ヴァルスミア・シロップで甘みをつけた。

再度手に取って確かめる。

「うん。いい感じじゃない？」

サラダをもりもりと食べられるドレッシングになったようだ。

ジャガイモを茹《ゆ》でて潰し、小麦粉と卵と混ぜてニョッキにする。ソースは軽めのホワイトソース。

そして、味見と称して『皇帝のオイル漬け』を小型冷室から取りだした。

「くっふっふ。ニョッキには、このオイルを一杯かけて」

貝も食べるが、貝のうま味が移り、ピリ辛でスパイスとハーブの風味がしっかりとするオイルがまたおいしいのだ。

思わずにんまりとした。

厨房《ちゅうぼう》のテーブルには、グリーンサラダ、火であぶった薄いパンの上に『皇帝のオイル漬け』、ニョッキのクリームソース、そして、春ビールが並んだ。

シロも見回りにでてしまって、本当に一人きりだ。

「いっただっきまあす」

おいしい。すべて自分好みの味に作ったのだから、当然だ。

当然なのだが、なんだかもの足りない。

自分が使うカトラリーの音しか聞こえない。火を弱めたかまどの薪《まき》がパチリとはじける。一人の食事は思った以上に味をなくし、モソモソと噛《か》みしめた。


館のグレート・ホールはきらびやかに飾りつけられて晩餐会の準備が整っていた。奥の少し高くなった場所に、ウィスタントンの領主一家が座る席があり、その前にある二列の長いテーブルが招待客の席だ。

ホールには使用人だけが最終確認のために慌ただしく出入りしている。招待客はホール近くのサロンで、領主一家に挨拶しながら食前酒を楽しんでいる頃だった。


ライアンは家族と一緒にサロンに立ち、招待客の挨拶を受けていた。

今日は豪華な刺繍《ししゅう》が施された、いつもより大げさな衣装を着ており、少し息苦しく感じる。そういえば、冬至の時にはリンに似合っていると言われたな、と思いつつ首元を緩めていると、近寄った領主がライアンに呟《つぶや》いた。

「其方《そなた》が館の晩餐会にでるのは久しぶりではないか？」

近くに控えた配膳人から食前酒をもらいながら、ライアンがため息をついた。

「参加せよ、とおっしゃったのは父上ですが。必要ないなら帰ります」

「まあ、そう言うな。久しぶりに其方の顔を見る者も多いだろう。少しぐらいは残っておれ」

公爵がさっと手を挙げ、皆の注目を集めた。ざわめいていた場が静かになった。

「厳しい冬を越え、今年も皆を迎えられたことを嬉《うれ》しく思う。まだ始まったばかりだが、例年以上に活発に取引が行われていると報告が上がっている。発表された『冷し石』も、商取引を後押しするであろう。ここに集う各地の友好と繁栄を願って、乾杯しよう。……ドルーと精霊に」

「「ドルーと精霊に」」

手に持った食前酒に口をつけた。

ほんのりと甘く、ふわりとセージの香りがする。冬至の祝祭で飲んだ、リンのレシピだ。

「おや。なんだかいつもと違う風味がありますな」

「ん？　これはセージの香りですね」

言い当てたのはベウィックハムの者だっただろうか。じっとグラスを見ると、もう一口飲んで風味を確かめている。

その周囲に集まっているのは、大市の担当者が多いようだ。

「ほうほう。石鹸《せっけん》といい、クリームといい、ウィスタントンは面白い薬草の使い方をしていますなあ」

ライアンはシルフを使い、うまく自分のもとまで言葉を運ばせた。

「本当に。今年のウィスタントンには驚きましたね。領まで慌ててシルフ便を飛ばしましたよ」

「貴方《あなた》もですか！　私もです。いや、同時に精霊術師のギルドからも新しい『精霊石』の件で報告が入ったらしく、城では大慌てだったようです。秋に訪問予定だった領主夫妻まで、急遽《きゅうきょ》予定を変更して見にきておりますよ」

そう言った者が、今、公爵と話している男女にチラリと目を向けた。

フォルテリアスの南の領地の伯爵夫妻だ。

「いや、公爵。今年のウィスタントンは新商品ばかりだと報告が参りまして。どうしても自分の目で見たくて、急な訪問依頼でご無理を申し上げました。しかし、本当に来て良かった！　まさか、砂糖が大陸で作られるとは思ってもおりませんでした」

「貴方、砂糖だけではありませんわ。ほら、こちらの客室に置かれていた石鹸もそうですわ。カリソン様のお茶会では、他にもいろいろな女性向けの製品を拝見しましたの。薬草茶もびっくりするほどおいしくて。貴方、商談では砂糖だけではなく、ぜひその辺りの注文もお忘れなく」

伯爵夫妻が力を入れて褒める。薬草茶が褒められたことをリンに伝えれば、きっと喜ぶだろう。

風が運ぶ声を聞くと、どこからもウィスタントンの新商品の話が多く聞こえてくる。

「『冷し石』の注文には迷いますね。いったいどれだけ注文したらいいのか」

「本当に。とりあえず帰領までの分をと思ったが、領の方でも反響がすごくて、できる限り手に入れてほしいと言われてなあ」

「うちも同じです。今回は砂糖で領に指示を仰ぐことが多くて、そこへ『冷し石』ですからねえ」

「『温め石』に続いてすぐに『冷し石』でしょう？　さすがライアン様だと思いましたよ」

自分の名前が聞こえてきたところで、ふっと風の流れを切った。

話題となっている砂糖も、美容製品も、そして『冷し石』もすべてリンの発案だ。そのリンは嫌がってここには来ていないが、皆が褒めているのを聞かせてやりたかった。

公爵に挨拶をし、歓談を済ませた客も多くなり、順にグレート・ホールへ移っていく。直接話をするような立場にない大市の担当者たちも、それを見て慌ててサロンの出口の方へ向かっている。

「父上、挨拶も済ませましたし、明日の準備も残っておりますから、今日はこれで失礼いたします」

「もう行くのか」

驚いた顔をした父は、すぐにふっと笑みを見せた。

「リンによろしく伝えてくれ」


階下でギィとドアの開く音がした。

リンはさっと立ちあがり、厨房からそろりと顔だけだす。手はしっかりと『加護石』を触っていた。

「あれ？　晩餐会はどうしたのですか？」

『加護石』から手を放し、リンは階段の上に姿を見せた。

ドアの前に、貴族のきらびやかな正装に身を包んだライアンがこちらを見上げている。

「ちゃんと顔はだしたぞ。まだ、明日の商談の準備があるのだ。シムネルも間もなく来る。リンは、食事中か？」

厨房まで上がってきて覗《のぞ》き込《こ》む。

オイル漬けを食べているのが見つかってしまい、ジロリとにらまれた。

「リン、アレを一人で食べるのは、ひどいのではないか？　一緒に食べる約束だったはずだ」

「ライアンにだす前に味見しようと思ったんですよ。ふふ、おいしくできてます」

「私も食べてもいいか。館ではほとんど口にしてないのだ」

「もちろんですよ。ニョッキもたくさん作っちゃったから」

ライアンは、上着を脱いでチュニックになると、そのまま厨房のテーブルにつく。

「ちょっと待ってくださいね」

まず先に、春ビールと『皇帝のオイル漬け』をだし、パンを焼き、ニョッキを温める。

「言っていたティーバッグはできたのか？」

「ええ。うまくいきそうです。明日マドレーヌさんたちと相談ですね。あと、魔法陣もひと箱終わらせましたよ。だいぶ早く刻めるようになった気がします」

「そうか。シムネルが商業ギルドに寄っている。新規注文の数がわかるはずだ。特注も増えてきたし」

「ひえ〜。まだまだ終わらないですねえ」

ライアンはそんなリンにクスリと笑った。

「ああ。館でもギルドでも、同じような悲鳴が聞こえてきてるな。だが、皆、どこか嬉しそうだ」

「ええ。なんかわかります。注文をさばききれませんって言いながら、マドレーヌさんとかトゥイルさんとか、いい笑顔をしてますもん」

「大市の後半が残っているが、例年とは比べものにならない商談数と売り上げになっているようだ。

それでどの部署もより意気込みを見せているな」

「皆さんのがんばった結果がちゃんと数字にでているんですね。良かった」

リンはうなずく。

ただでさえ忙しかったところに、さらに仕事が増えたのは主にリンのせいだが、この機会を逃すまいという皆の熱意はすごかった。

そして、それは今も続いている。


素早くライアンの分を用意したリンも、腰を下ろした。

「じゃあ、改めて乾杯しましょう。ドルーと精霊に。それから大市の後半もうまくいきますように」

「ドルーと精霊に。それから、大市の成功に」

ライアンは口を湿らせると、真っ先にミディ貝に手をだした。

「ライアン、良かったら、その『皇帝』をこのパンに載せてください。好みでこのオイルをもっとかけてもおいしいですよ」

リンも追加で一つをパンに載せ、ガブリと齧《かじ》る。

さすが皇帝。ぷりぷりで旨味が濃厚だ。数日置いたことで、味が染みてコクがでている。

「このミディ貝は、焼いたのとまた違うが、おいしいな。ピリリと辛《から》いのがビールに合う」

「でしょう？　しっとりした感じでいいですよね。あ、こっちの燻製《くんせい》したのも、なかなかでしたよ」

「そうか」

ライアンはすぐにもう一つを皿に取った。

「これも好みだ。スモークの具合がちょうどいい。リン、一瓶すぐになくなりそうだが」

「止まらなくなるんですよねえ、これ。やっぱり五箱では少なかったかもしれないですね。またラミントンに注文しましょうか」

「毎日船を往復させていると言っていたな。……ラグにシルフを飛ばすか」

リンは春ビールを吹きだしそうになった。

ライアンはすでに三つめの皇帝を食べている。よっぽど気に入ったようだ。

「ええっ。それはさすがにびっくりされますよ。大丈夫。明日の朝一で、ラミントンの天幕で注文をかけますから」

「十箱ほど頼む」

「えっ、十箱？　多すぎ、いや、皆で食べたらなくなるのも早いですよね」

リンは卓上にある瓶がすでに半分以上なくなっているのを見て、うんうんとうなずいた。

誰かと食べる食事はおいしい。

そう実感した夜だった。


まだ仕事が残っているというライアンに、リンは食後の茶を淹《い》れた。

ライアンが好きな鉄観音《ティエグアンイン》茶に、ころんとしたメレンゲクッキーを添える。

「ああ、リン。そういえば、母上のお茶会でも薬草茶が振る舞われたようだが、好評だったようだ。

伯爵夫人においしいと褒められていたぞ」

「ほんとですか！　やったあ」

リンは喜びで目を輝かせ、こぶしを握った。

満面の笑みに、ライアンも自然と口元がほころぶ。

「じゃあきっと、これからもっと売れますね！」

「ああ。天幕での試飲も好評なのだろう？　大市の後半には、館に滞在する各地の領主夫妻も増える。すでに茶に馴染《なじ》みがある者たちばかりだから、売り上げも期待できるし、そこからさらに広がるだろう」

下でカタリと音がした。シムネルが到着したようだ。

これから明日の商談の準備があるのだろう。

リンもまだ魔法陣を刻む作業を残していた。

大市の期間は本当に忙しい。それでも、ウィスタントンの館やギルド、天幕にいる者たちと同じように、リンは舞い上がるような気持ちを抱えていた。

「皆の、忙しくても嬉しいという気持ちが私にもわかります。どんな反応が返ってくるのかワクワクしますし、楽しみですもん」

「ああ、そうだな。このように充実した大市は初めてだが、確かに期待しかないな」

明日に備えて、リンとライアンは同時に立ち上がった。

CHARACTERS

A Tea Dealer is An Apprentice Philosopher.

シロ

ドルー

CHARACTERS

A Tea Dealer is An Apprentice Philosopher.

エクレール

オグ

CHARACTERS

A Tea Dealer is An Apprentice Philosopher.

ガレット

クグロフ

CHARACTERS

A Tea Dealer is An Apprentice Philosopher.

カリソン

シュトロイゼル

シュゼット

CHARACTERS

A Tea Dealer is An Apprentice Philosopher.

アルドラ

ラグナル

CHARACTERS

A Tea Dealer is An Apprentice Philosopher.

CHARACTERS

A Tea Dealer is An Apprentice Philosopher.

トゥイル

ブルダルー

マドレーヌ

CHARACTERS

A Tea Dealer is An Apprentice Philosopher.

MFブックス

お茶屋さんは賢者見習い 2

2021年11月25日　初版第一刷発行

著者　巴里の黒猫
発行者　青柳昌行
発行　株式会社KADOKAWA
〒102-8177　東京都千代田区富士見2-13-3
0570-002-301（ナビダイヤル）
印刷・製本　株式会社広済堂ネクスト
ISBN 978-4-04-680907-0 C0093

企画　株式会社フロンティアワークス
担当編集　河口紘美（株式会社フロンティアワークス）
ブックデザイン　鈴木 勉（BELL'S GRAPHICS）
デザインフォーマット　ragtime
イラスト　日下コウ

本シリーズは「小説家になろう」（https://syosetu.com/）初出の作品を加筆の上書籍化したものです。
この作品はフィクションです。実在の人物・団体・事件・地名・名称等とは一切関係ありません。

ファンレター、作品のご感想をお待ちしています

宛先
〒102-0071　東京都千代田区富士見2-13-12
株式会社 KADOKAWA　MFブックス編集部気付
「巴里の黒猫先生」係「日下コウ先生」係

二次元コードまたはURLをご利用の上
右記のパスワードを入力してアンケートにご協力ください。

https://kdq.jp/mfb
パスワード
vk3hw

●PC・スマートフォンにも対応しております（一部対応していない機種もございます）。
●お答えいただいた方全員に、作者が書き下ろした「こぼれ話」をプレゼント!
●サイトにアクセスする際や、登録・メール送信時にかかる通信費はご負担ください。

MFブックス
MFブックス新シリーズ発売中!!
偽聖女!? ミラの冒険譚
～追放されましたが、実は最強なのでセカンドライフを楽しみます！～
櫻井みこと
Illustration 茲助
story
「偽聖女」だと追放された聖女ミラは、自分の国に帰る事を決意し、護衛のイケメン剣士と初めての旅を楽しむことに。すると眠りながら【結界】を張ったり、【浄化】で凶悪なドラゴンをトカゲに弱体化させたりと、彼女の桁違いの強さが判明し——!?
実は最強聖女ミラの楽しい冒険譚、ここに開幕 !!
追放!? それでは国に帰ろうと思います♪
伝説聖女のドキきゅん!? チートな冒険はじめます!!

アンケートに答えて著者書き下ろし「こぼれ話」を読もう！

「こぼれ話」の内容は、
あとがきだったり
ショートストーリーだったり、
タイトルによってさまざまです。
読んでみてのお楽しみ！

よりよい本作りのため、
読者の皆様のご意見を参考にさせて頂きたく、
アンケートを実施しております。
ご協力頂けます場合は、以下の手順でお願いいたします。
アンケートにお答えくださった方全員に、
著者書き下ろしの「こぼれ話」をプレゼントしています。

この二次元コードから
アンケートページへアクセス！

https://kdq.jp/mfb

このページ、または奥付掲載の二次元コード（またはURL）に
お手持ちの端末でアクセス。

↓

奥付掲載のパスワードを入力すると、アンケートページが開きます。

↓

最後まで回答して頂いた方全員に、著者書き下ろしの「こぼれ話」をプレゼント。

● PC・スマートフォンに対応しております（一部対応していない機種もございます）。
●サイトにアクセスする際や、登録・メール送信時にかかる通信費はご負担ください。

MFブックス　http://mfbooks.jp/